인생의 바다에서 길을 묻다 → 행복한 세상 만들기

청녀울(지선환)

행복한 세상
만들기

뿌리출판사

고귀한 당신에게 드립니다

고귀한 _____ 님께

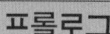

내 아이들이 안심하고 살 수 있는

두 딸을 둔 아빠이다 보니, 요즘 들어 유난히 걱정이 많아졌다. 힘없는 가정의 부녀자와 어린아이들이 타깃이 되어 끔찍한 일을 당하는데도 그들을 지켜줄 사회적 안전망은 턱없이 부족한 것 같다는 생각이 든다.

일일이 거론하기조차 끔찍한 일들이 쉼 없이 터져 나오면서 아이들의 심리적 불안감은 커져가고 있는데, 가난한 아빠인 나는 마땅히 내 아이들을 안전하게 지켜줄 그 무엇도 없다.

그저 고개를 숙인 채 한숨만 쉬는 것이 고작이다.

그런 나를 "우리 아이들은 속으로 얼마나 원망할까?"라는 생각 때문에 이 시간에도 나는 몹시 두렵다.

"어디서부터 잘못된 것일까?"

"정말 이렇게 지켜봐야만 하는가?"라는 고민에서 본격적으로 글을 쓰기 시작했다.

나 혼자의 힘은 미약하지만, 내 생각을 많은 사람들에게 전달하고, 몇 명이 되었든지 동참자를 이끌어 낼 수만 있다면 내 작은 노력이 결코 헛되지는 않을 것이란 확신이 들었다.

다행히 많은 카페회원님들이 공감을 표시해 주었고, 내 노력에 대한 감사와 위로의 말들을 해 주었다. 그분들께 다시 한 번 진심으로 감사의 말씀을 전한다.

그런 세상을 꿈꾸며

이 사회에는 침묵하는 다수의 사람들이 있는데, 그들이 결코 모든 것을 이해하고 용납해서 현실을 그저 바라만 보고 있는 것이 아니라는 것을 새삼 알게 되었다.

그 분들이 아프다고 소리칠 때는 우리 사회가 이미 아픈 수준을 넘어선 단계에 있을 것이다.

대한민국 반만년의 역사가 흰옷 입은 낮은 사람들에 의해 지탱해 왔다는 사실은 그 누구도 부인하지 못할 것이다.

반만년의 역사에서 국민들이 주인이 된 세상은 얼마 되지 않았다. 그렇지만 아직도 과연 누가 세상의 주인인지 생각해 볼 부분이 많은 것 같다.

'행복한 세상 만들기'는 그런 생각에서 출발한 것이다. 나의 작은 노력으로 우리 국민들 중에 단 몇 명이라도 위안 받고, 행복을 찾을 수 있다면 결코 작은 일이 아닐 것이라는 확신을 갖게 되었다.

서울에서 기업을 운영하던 모 사장님은 동업자의 배신으로 회사가 어려워지면서 받은 스트레스를 풀려고 운동을 하고 사우나도 하고 등산을 하였지만 여전히 풀리지 않았다고 한다. 그런데 필자가 쓴 '감사도 원망도 내가 선택하는 것'이라는 글을 읽고 스트레스가 대부분 풀렸다고 감사의 댓글을 달아주었다.

여기에 지난 1년 반 동안 달린 2만여 건의 댓글 중에서 몇 개만 골라서 소개하고자 한다.

🍃 산과사람 12. 07. 15. - 인간의 굴레에 대한 댓글

세상은 보이는 것과 보이지 않는 것으로 이루어져 있고 어느 누군가의 힘으로 움직이지 않는 오묘한 이치로 돌아가기는 하지만, 우리들 인간의 노력으로 세상은 빛이 되죠. 나로 인해서 세상은 보이고 또 이어 나가죠. 청너울님의 글이 어느 한사람에게만 전달이 되어도 애쓴 보람은 있다고 봅니다.

🍃 은숙 12. 07. 03. - 장자의 지혜 내 마음의 쉼터에 대한 댓글

그렇지요. 어릴 적부터 무척 바쁘게 살아왔기에 저도 조금 일찍 삶의 여유가 있다고 생각합니다. 또 너무 늘어져도 사람이 게을러지니, 그동안 사느라 바빠서 못 해 본 것들을 찾아 해보는 것으로 느슨해지는 삶을 추스릅니다. 또한 제게는 이 사랑방이 제 정신 세계의 쉼터이기도 합니다. 그 옛날 공원 정자나무 아래에서 듣던 이야기를 지금은 여기 앉아서 듣는다고 생각하지요. 유익한 말씀 감사합니다. ·*·

🍃 워너공 12. 08. 01. - 덕이 부족한 대한민국에 대한 댓글

'도덕 재 무장' (외국 유명인사 주장)이란 말 고교 시절 배울 때, 아무도(선생님도) 이 진정한 의미를 몰랐던 것 같습니다. 그 당시는 사회 전체에 도덕이 살아 있으니 뭘 걱정하고 재무장 해야 하는지…. 그냥 시험 문제에 아주 가끔 나올 정도. 지금은 정말 도덕 교육(윤리) 철저히 하여 국민 전체의 의식 구조가 바뀌어야 합니다. 대학 진학 위주와 내 자식 최고로, 있는 돈 없는 돈 투자하여 공부만 잘하는 인간을 만들어 놓았으니 누구를 탓하랴!!! 정부 차원에서 윤리와 봉사정신 교육 필요합니다.

🍃 블랙로즈 12. 09. 04. - 해야 할 것과 하지 말아야 할 것에 대한 댓글

제 스스로 본분을 깨달아서 제 분수를 지키고, 제 자리를 구분할 줄 아는 사람들이 많아지는 우리 사회가 되었으면 좋겠다는 생각이 듭니다.

🍃 검은표범 12. 08. 22. - 인내하는 삶의 아름다움에 대한 댓글

좋은 글이네. 우리 젊을 적에 많이 듣고 새기던 "인내는 쓰나 열매는 달다."란 말이 있었지. 그런데 쓴 인내를 견뎌낸 사람들은 성공도 오래 가더라고. 좋은 글 감솨.

☞ 에바 12. 08. 16. - 절제가 필요한 사회에 대한 댓글

여기선 오래된 연륜이 있어서인지 감정의 절제가 되는 것 같은데, 또 다른 내가 어디선가 꿈틀거릴 때가 있지요.

수많은 댓글들을 일일이 다 소개하기에는 지면이 부족해서 생략하지만, 다들 생각이 없어서 침묵하는 것이 아니라는 것은 분명히 알 수 있었다.

사회는 모든 사람들이 함께 만들어 가는 것이지 결코 특정한 몇몇 사람들이 만들어 가는 것이 아니다. 따라서 사회를 구성하는 개개인의 목소리가 작다고 그들을 외면하는 정책을 만들어 서는 안 될 것이다.

사람 사는 세상이 비록 완전한 평등사회는 되지 못할지라도 계층 간에 진정으로 서로 이해하고 사랑하는 그런 세상이 된다면 보다 많은 사람들이 행복한 세상이 되지 않을까?

지금 우리 사회는 계층 간에 너무 단절되어 있다는 생각이 든다. 그렇지만 서로에 대한 불신으로 마음의 문을 여는 것이 현실적으로 쉽지 않다. 하루아침에 모든 것이 해결되지는 않겠지만 조금씩이라도 서로 마음의 문을 열고 소통하려고 노력한다면 계층 간의 이해를 통한 화해는 결코 불가능한 일이 아닐 것이다.

다소 늦은 감은 있지만 국민소득 2만 달러를 넘어선 지금 누군가가 나서서 막혀있는 장벽을 허물기 위한 보다 적극적인 노력을 해야 한다. 따라서 그 어느 때보다도 국민과 잘 소통할 수 있는 지도자가 절실히 필요하다.

프랑스의 시몬 베유는 거리에 대한 명상에서

"── 작은 마음 한 조각이라도 존중되고 의미가 부여되는 세상이면 얼마나 좋은 세상인가?
── 마음이 존중되는 세상은 결코 메마른 세상이 아니다. 그런 세상은 참 행복한 세상이다." 라고 말했다. 그는 행복한 세상은 상대에 대한 작은 배려에서 출발한다고 본 것이다. 작은 마음 하나라도 함부로 무시하거나 짓밟지 않는 그런 세상이라면 보다 많은 사람들이 행복해 하지 않을까?

상식이 통하는 사회가 바람직한 사회다. 특정한 이념보다는 인류의 보편적 가치인 인간에 대한 사랑과 인간 존중정신이 꽃을 피우는 새날빛 대한민국이 되기를 소망한다.

나의 작은 글들이 사랑씨가 되어서, 한반도 구석구석까지 사시장철 사랑꽃이 만발하는 세상을 꿈꾸며 나는 오늘도 한 줄의 글을 쓴다.

이 모양 저 모양으로 꼬인 사회가 풀리고, 많은 사람들의 얼굴에 웃음꽃이 피는 그날까지 청너울 지선환의 '행복한 세상 만들기'는 계속될 것이다.

2012년 10월 3일 청너울 지선환 씀

인터넷 카페 - 청너울의 '행복한 세상 만들기' 글 중에서

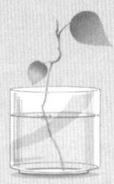
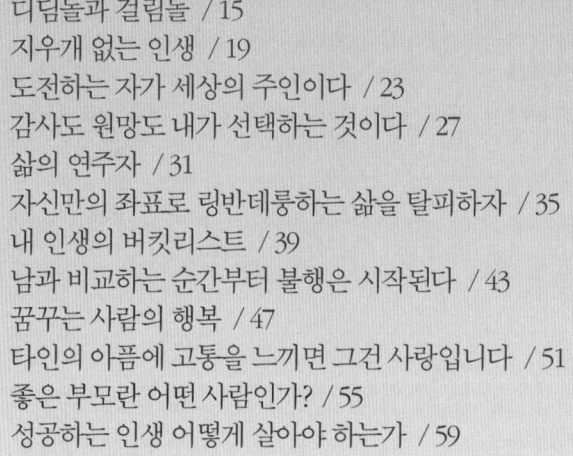

PART I

인생의 바다에서
길을 묻다

1. 디딤돌과 걸림돌

인생을 살다가 보면 누구나 디딤돌 같은 사람도 만나고 걸림돌 같은 사람도 만난다. 그렇지만 그 사람들이 정말 나에게 디딤돌이나 걸림돌인지에 대한 정확한 판단은 세월이 한참 지난 후에나 가능하다. 디딤돌 같았던 사람이 나에게 걸림돌이었을 수도 있고, 걸림돌 같았던 사람이 디딤돌이었을 수도 있기 때문이다.

직장 생활을 하다가 보면 제일 쉽게 부딪히는 사람이 나에게 걸림돌처럼 느껴진다. 무슨 일을 하든지 꼬투리를 잡아서 비난하거나 괴롭히는 사람이 직장에서는 꼭 한 사람 정도는 있기 마련이다. 그럴 때 우리는 쉽게 이 사람을 내 인생의 걸림돌로 단정해 버린다. 그 사람 때문에 내가 참지 못하고 회사를 그만두게 된다면 그 사람은 나에게 걸림돌의 역할을 한 사람이다. 그렇지만 그 사람을 의식해서 더 완벽하게 하려고 부단히 노력하다가 보면 남보다 훨씬 더 빨리 인정받고 승진하게 되는 경우도 종종 있다. 이럴 경우에 이 사람은 나에게 걸림돌 같은 디딤돌에 해당하는 사람이라고 할 수 있다.

반대로 보면 디딤돌 같은 걸림돌도 있을 수 있다. 직장상사가 나에게 너무 친절하게 잘 대해줘서 긴장하지 않고 즐겁게 생활하게 되는 경우에 우리는 이 사람을 디딤돌이라고 생각하겠지만, 그것 때문에 나태해져서 자기계발을 소홀히 한 결과 인정도 못 받고 승진에서 밀리는 경우가 있다면 이 사람은 나에게 디딤돌 같은 걸림돌이 되는 것이다.

따라서 당장에 나에게 걸림돌 같이 보이는 사람이라고 해서 너무 미워할 필요는 없다. 운동선수의 경우에는 라이벌이 있어야 경기력이 향상되고 최고의 선수가 될 수 있다고 한다. 그럴 경우에 라이벌은 걸림돌이 아닌 디딤돌이 되는 것이다. 피겨스타 김연아의 경우도 아사다 마오라는 훌륭한 라이벌이 있어서 세계 최고의 선수가 되지 않았나 생각되어진다. 마오의 입장에서도 그 당시에는 김연아가 걸림돌처럼 느껴져서 시기하고 질투하기도 했겠지만 막상 김연아가 떠난 피겨여왕의 자리는 마오의 것이 아닌 다른 사람의 차지가 되었다. 마오는 지금 김연아에게 가려서 2인자의 자리에 있을 때보다 언론의 주목을 못 받는 가여운 처지가 되어 버렸다. 마오에게 있어서 김연아는 걸림돌이 아닌 디딤돌이었던 것이다.

사업을 하는 사람에게 있어서도 디딤돌과 걸림돌은 존재한다. 하지만 걸림돌 같은 사람으로 보인다고 해서 수단과 방법을 가리지 않고 그 사람을 망하게 하려고 한다면 결국에는 자신도 망할 수 있다. 상대를 사업상의 라이벌로 인정하고 열심히 선의의 경쟁을 한다면 오히려

인생을 살다가 보면
누구나 디딤돌 같은 사람도 만나고
걸림돌 같은 사람도 만난다.
그렇지만 그 사람들이 정말 나에게
디딤돌이나 걸림돌인지에 대한 정확한 판단은
세월이 한참 지난 후에나 가능하다.
디딤돌 같았던 사람이
나에게 걸림돌이었을 수도 있고,
걸림돌 같았던 사람이 디딤돌이었을 수도
있기 때문이다.

동반성장의 기회가 될 수도 있기 때문에, 함부로 걸림돌로 단정지어서 그 사람에게 악한 짓을 할 필요는 없다고 본다.

인생을 살다가 보면 정말로 나에게 걸림돌이 되는 사람이 있을 수도 있다. 하지만 대다수의 경우에는 내가 어떻게 생각하느냐에 따라서 상대가 나의 디딤돌도 될 수 있고 걸림돌도 될 수 있다.

지금 내 앞에 있는 사람을 너무 쉽게 디딤돌이나 걸림돌로 단정짓지 말고 지혜롭게 대처한다면, 대부분은 훌륭한 디딤돌이 될 수 있는 만큼 넓은 아량으로 상대를 바라보자. 걸림돌에 넘어지지 않고 그것을 뛰어 넘는다면 우리는 훌륭한 걸림돌 같은 디딤돌을 딛고 멋지게 성공한 인생을 살 수 있을 것이다.

2. 지우개 없는 인생

한 나라의 역사 중에서 치욕스러운 부분이 있다면 누구든지 지워 버리고 싶을 것이다. 우리나라의 경우는 고구려의 마지막 왕인 보장왕 때 나당 연합군에 패해서 드넓은 요동과 만주 벌판을 중국에게 빼앗긴 것이나, 일제 36년간 식민통치의 치욕 등이 그것이다. 사람의 경우도 마찬가지다. 인간은 누구나 예외 없이 자신의 인생을 지울 수 있는 지우개가 없기 때문에 자신의 인생 중에서 어느 부분이 마음에 안 든다고 지우개로 깨끗이 지워버릴 수가 없다. 그러므로 우리는 살아있는 동안 무엇인가 좋은 일이나 아름다운 일을 찾아서 행동으로 보여줘야 한다.

유명진이 작사하고 남국인이 작곡한 '사랑은 연필로 쓰세요.' 라는 노래가 있다. 1983년에 전영록이 발표한 이 노래는 감성적인 노랫말이 인상적인 곡으로 그를 탑 가수의 자리에 올려놓았었다. 남녀가 사랑을 하다가 헤어지면 큰 고통이 뒤따르기 마련이기에 사랑을 지우개로 지울 수 있는 연필로 쓰라고 재미있게 표현한 노래다. 그렇지만 현실적으로 사랑을 하던 남녀가 헤어져서 아픔을 겪는다고 하더라도 그들이 함께 지냈던 지난날들을 지우개로 지울 수 있다는 것은 단지 희망사항이고 허구일 뿐이다. 그런데도 불구하고 사람들이 이 노랫말에 열광하는 것은 '달콤한 사랑 뒤에 오는 이별의 고통을 지우개로 지울 수만 있으면 얼마나 좋을까?' 하는 간절한 바람을 대변해 주었기 때문이다.

정우성과 손예진이 주연을 맡고 이재학 감독이 메가폰을 잡아서 2004년에 개봉한 영화 '내 머릿속의 지우개'는 알츠하이머에 대한 이야기를 그린 것으로 머릿속에 지우개가 있어서 그런 증상이 나타난다는 주인공의 독백을 제목으로 정한 것이다. 그렇지만 이 경우에도 알츠하이머가 그 사람의 인생 자체를 지울 수 있는 것은 아니다. 단지 주인공인 수진 역할을 맡은 손예진이 자주 깜빡깜빡 잊고 기억을 못하는 것이다.

지우개가 없는 것이 인생이기에 우리가 각자의 인생에서 큰 오점을 남기지 않으려면 죄악의 유혹을 거절하는 결단의 용기가 있어야 한다. 오늘날 우리들 앞에 놓여있는 달콤한 유혹들이 얼마나 많은가?
그렇지만 우리가 자신의 인생을 아름답게 채색하려면 더 좋은 것을 얻기 위해 덜 좋은 것은 포기할 줄 아는 지혜가 필요하다. 애벌레가 예쁜 나비로 변태되어 날아가려면 살아가는 방법을 알아야 한다.

세상의 어떤 사람도 인생을 두 번 살지는 못한다. 사람들 중에는 거의 죽을 뻔 했다가 살아났다고 자신은 인생을 두 번 사는 것이라고 말

고작 한 달도 안 되는 생을 살려고
7년 동안이나 땅속에서 굼벵이로 살아가는
매미도 있다는 것을 기억하자.
다시 쓸 수도, 지울 수도 없는 것이
인생이기에
오늘 내게 주어진 삶에 최선을 다하자.
우리에게 주어진 한 번 뿐인 인생,
열심히 살려고만 하지 말고
제대로 살려고 노력하자.

하기도 하지만 그건 잘못 생각하는 것이다. 그 사람의 삶이 연장되는 것이지 처음부터 인생을 다시 시작하는 것이 아니기 때문이다.

좋은 일이든지 나쁜 일이든지 자신에게 일어난 모든 것들은 자기 인생역사의 일부분이기에 부인할 수도 없지만 굳이 부정할 필요도 없다. 나쁜 기억들은 그것을 거울삼아서 다시는 그런 일이 일어나지 않도록 노력하는 것이 중요하다. 사람에게 있어서 미래는 보장되지 않는 불확실한 것이지만 누구에게나 열려있다. 따라서 지금까지 잘못 살아왔더라도 이제부터 새로운 마음과 각오로 변화된 인생을 산다면 전혀 다른 가치의 삶이 될 수도 있을 것이다.

세상의 모든 것에는 원인과 결과가 있는데, 인생도 마찬가지다. 너무 눈앞의 현실만 보지 말고 짧게는 5년에서 길게는 10~20년 앞을 내다보면서 살아야 한다. 콩 심은 데 콩 나고, 팥 심은 데 팥 난다는 진리처럼 좋은 원인이 좋은 결과를 낳는다.

인생을 가짜로 살지 말자. 정품이 아닌 짝퉁은 소비자의 신뢰를 받지 못하듯이 가짜로 사는 인생은 세상의 인정을 받지 못한다. 자신이 처한 환경이나 위치 때문에 자포자기하며 "내 인생은 끝났다."고 함부로 속단하지 말자.

인생의 벼랑 끝에서 죽음만을 바라보던 사람이 생각을 바꿔서 남은 인생을 멋진 그림으로 채운 경우는 얼마든지 있다.

고작 한 달도 안 되는 생을 살려고 7년 동안이나 땅속에서 굼벵이로 살아가는 매미도 있다는 것을 기억하자.

다시 쓸 수도, 지울 수도 없는 것이 인생이기에 오늘 내게 주어진 삶에 최선을 다하자.

우리에게 주어진 한 번 뿐인 인생, 열심히 살려고만 하지 말고 제대로 살려고 노력하자.

3. 도전하는 자가 세상의 주인이다

산악인의 역사를 새로 쓴 한국이 낳은 세계적인 산악인 박영석씨는 그의 자서전에서 '도전하는 자가 세상의 주인이다' 라고 말했다.

2011년 10월 18일 히말라야 산맥 안나푸르나봉의 새로운 루트를 개척하려고 산에 올랐던 박영석 대장과 그 일행의 실종소식은 많은 사람들을 비탄에 잠기게 하였다.

배달민족의 웅장한 기상을 세계만방에 떨친 산악인 박영석 대장.
히말라야 14좌 완등, 7대륙 최고봉 완등, 남북과 북극점 통과로 세계 최초로 산악 그랜드슬럼을 달성하여 산악인의 역사를 만든 주인공 박영석.

1963년 서울에서 출생하여 불굴의 투지로 세계 산악인들의 넘사벽이 된 그이기에 박영석 대장의 실종소식은 아직도 믿어지지가 않는다. 산에다가 자신의 모든 인생을 건 아름다운 산악인이기에 한국인뿐만

아니라 산을 사랑하는 세계 모든 사람들의 가슴에 영원히 죽지 않고 살아있을 것이다.

　우리가 세상에 태어나서 자신이 하고자 하는 일에 모든 걸 걸고 최선을 다 하다가 죽는다면 그것만큼 행복한 죽음도 없다고 생각한다.
　진정한 가수는 마지막까지 노래하다가 무대 위에서 쓰러지기를 원한다.
　대부분의 작가도 자신의 마지막은 글을 쓰다가 쓰러져서 죽는 것을 원한다.

　산을 좋아하는 사람들은 대부분 어질고 착한 사람들이다. 그래서 옛

말에도 '인자요산(仁者樂山)'이라는 말이 있다.

산은 언제나 변함이 없다. 산은 늘 그 자리에 그대로 있는 것이다.

계절에 따라서 산의 모습이 변하는 것은 산자체가 변하는 게 아니라 산을 둘러싸고 있는 외형적인 요인들이 변하는 것이다.

산은 그저 산일 뿐이다.

사람들이 산의 정상에 오르면 산을 정복했다는 표현을 하는데 그건 맞는 표현이 아니다. 정복이라는 말은 복종시킨다는 의미도 있는데, 신이 아닌 인간이 산에 한 번 올랐다고 어떻게 산을 복종시키겠는가?

비록 이번에 내가 산 정상에 올랐어도 다음에도 똑같은 고통의 과정을 다시 거쳐야 비로소 산은 잠시 그 자리를 내게 내어주는 것이다.

따라서 사람들은 산을 정복하는 것이 아니라 그저 산에 올랐다가 다시 내려오는 행위를 하는 것일 뿐이다.

사람들에게 인내력을 길러주고 도전의식을 고취시키기에는 산처럼 좋은 것도 없는 것 같다.

산에 오를 때 우리는 얼마나 많은 땀과 힘든 고비를 넘기는가?

그래서 산꼭대기에 올랐을 때 사람들은 벅찬 희열을 느끼는 것이다.

"아! 내가 드디어 해냈구나."

"올라오는 과정이 무척 힘들었지만 잘 참고 견디었어."라고 스스로에게 말하고 싶어 한다.

산은 사람의 육체뿐만 아니라 정신도 건강하게 한다.

나태하고 나약한 사람도 산을 자꾸 오르다가 보면 언제부터인가 자신감이 생기고 끊임없이 도전하고 싶은 의욕과 용기가 생기게 된다.

산 정상에서 내려다보는 산 밑의 세상은 아름답고 신비롭게 보인다.
"내가 사는 세상이 저렇게 아름다운 것이구나!" 감탄하게 된다.
세상이 발 아래로 보이는데 두려운 것이 무엇이겠는가?
그래서 산을 좋아하는 사람들은 자꾸 도전하게 되고, '세상은 그런 도전하는 사람들의 것' 이라고 산악인 박영석 대장은 말했다.

이제 고운 님은 갔지만 님이 남긴 발자취는 제2, 제3의 박영석들에게 세상에 대한 도전을 멈추지 말라고 주문한다.
그 멈추지 않는 도전정신이 우리의 가슴속에 살아있는 한 대한민국은 격랑의 파도 속에서도 굳건히 제 길을 가는 위대한 나라가 되리라는 것을 믿어 의심치 않는다.

고인이여 영면하소서!

4. 감사도 원망도 내가 선택하는 것이다

컵에 반쯤 남은 음료수를 보고 어떤 사람은 "반 밖에 안 남았네."라고 말하고 또 어떤 사람은 "아직도 반이나 남았네."라고 말한다.

같은 것을 보고도 이렇게 사람들은 생각하는 바에 따라서 긍정적으로 말하기도 하고 부정적으로 말하기도 한다.

인간의 행복과 불행이 마음먹기에 달려있다는 얘기도 이런 경우를 두고 하는 것이라고 할 수 있다.

감사도 원망도 결국은 내가 선택하는 것이다.
아무리 세상살이가 힘들고 팍팍해도
내가 살아있는 것만으로도
충분히 감사할 수 있는 마음만 있다면
내 인생이 그렇게 불행하지만은 않을 것이라는
확신도 가지게 되었다.

우리나라에서 100만권 이상 팔린 베스트셀러 '긍정의 힘' 도 모든 건 어떻게 생각하느냐에 따라 다르므로 사람들에게 가능하면 긍정적인 사고를 가지는 게 중요하다는 것을 강조하고 있다.

긍정의 힘과 같은 맥락에서 우리는 감사의 힘을 알고 실천하는 것이 필요하다고 본다. 종교적인 관점을 떠나서 우리가 일상생활에서 만나는 상대에 대해서나 처해진 상황 속에서 늘 감사하는 마음을 갖는 게 참 중요한 것 같다.

감사의 힘은 과학적으로도 증명이 되었다고 한다.
병에 걸렸어도 그것조차 감사하는 마음을 가지는 사람은 그것이 설사 암 같은 중병이라도 능히 극복한다고 한다. 암에 걸렸어도 하루 하루를 최선을 다 해서 생활하고 감사로 충만한 사람은 결코 암 때문에 죽지는 않는다고 한다. 암으로 죽는 사람들 중 많은 경우가 병 자체보다는 암에 대한 공포 때문에 스스로 죽어간다는 것이 현대과학이 낸 결론이다.

사람을 사망에 이르게 하는 가장 무서운 녀석 중의 하나가 공포와 스트레스라고 한다. 죄수들에게 총살당하는 장면을 보여준 다음에 형틀에 묶어놓고 공포탄으로 총살을 집행하는 시늉만 해도 많은 수의 사형수들이 죽는다고 한다.
죽음에 대한 공포를 이기지 못해서 총알이 가슴에 박히지 않았는데도 죽음에 이르게 된다는 것이다. 닭장에 호랑이 울음소리만 들려줘도 상당수의 닭들이 호랑이에 대한 공포 때문에 폐사한다고 한다.

이 정도만 해도 사람뿐만 아니라 모든 동물들에게 있어서 공포나 스트레스가 얼마나 무서운 저승사자인지 알 수 있을 것이다.

그런데 이런 공포나 스트레스를 능히 극복하는 유일한 방법이 바로 감사하는 마음이라고 한다.

또한 감사가 충만하면 죄수가 되어 사형장으로 걸어 들어가면서도 시를 읊을 수 있다고도 한다. 따라서 감사할 수 없는 상황임에도 불구하고 감사하는 마음을 갖는 것이 중요한 것이라고 할 수 있다.

미국의 유명한 작가이자 정치 활동가였던 이중(눈, 귀) 장애인 헬렌 켈러는 눈조차 멀어진 그에게 사람들이 불쌍하다는 식으로 대하자 "눈을 뜨고 현실의 것들을 볼 수 없어서 불행한 것이 아니라 눈을 뜨고서도 미래를 볼 수 없는 것이 진짜 불행한 것이다." 라고 말했다.

이렇듯 많은 실험과 경험들은 자신이 처해진 상황이 아무리 어렵더라도 그 상황을 감사하게 받아들이는 사람과 원망으로 받아들이는 사람의 미래는 확연히 다르다는 것을 말해주고 있다.

요즘 들어서 서민들의 살림살이가 더 많이 힘들어졌다. 내 경우에도 물가 상승률은 3%가 넘는데 급여는 2% 밖에 인상이 안 되어서 사실상 작년보다 소득이 줄어들었다. 장바구니 물가는 거의 7~8% 정도는 오른 것 같다. 회사 근처에 대형마트가 있어서 퇴근하는 길에 직접 장을 보는 일이 많아졌는데, 물가 오름세가 장난이 아니다.

그렇지만 이것 때문에 스트레스를 받지는 않는다. 그래봤자 나만 손해라는 것을 알기에 좀 덜 쓰면 되지 하는 생각뿐이다.

이런 것도 누구 때문이라는 생각으로 원망해 봤자 결국은 내 건강만 해친다.

그저 내 몸뚱이 건강하고 집안이 평안하면 그것만으로도 감사하게 생각하기로 했다. 감사는 내 몸에 좋은 자연면역세포(NK 세포) 수치를 높여주지만 원망은 내 몸에 비소보다 수백 배 강한 독을 생성한다는 걸 알기 때문이다.

감사도 원망도 결국은 내가 선택하는 것이다.

아무리 세상살이가 힘들고 팍팍해도 내가 살아있는 것만으로도 충분히 감사할 수 있는 마음만 있다면 내 인생이 그렇게 불행하지만은 않을 것이라는 확신도 가지게 되었다.

원망한다고 내가 처해진 상황이 개선되어지지 않는다는 것이 지난 10년 동안 고난을 겪고 나서 얻은 결론이다. 원망이 감사로 바뀌니까 생활도 자연스럽게 바뀌었다. 인터넷상에서 사람들과 소통하면서 많이 배우고 행복도 찾았다. 변변찮은 내 글을 읽어주고 댓글을 달아주시는 모든 분들께 진심으로 감사의 말씀을 드립니다.

여러분 사랑합니다!

5. 삶의 연주자

사람들이 가진 모든 것은 악기라고 혹자는 말한다. 이것은 사람의 입에서 나는 소리는 물론이고 몸짓이나 행동 하나하나가 다 그 사람이 어떻게 하느냐에 따라서 다르게 나타나기 때문이다. 또한 그 사람이 소유하고 있는 재물까지도 어떻게 쓰느냐에 따라서 아름다운 소리나 듣기 거북한 소리가 나기 때문에 사람이 가진 모든 것을 악기라고 표현하는 것이다.

사람이 노래를 부르거나 좋은 소리로 상대방을 즐겁게 할 때 그 사람의 입은 아름다운 소리를 들려주는 훌륭한 악기가 된다. 그렇지만

미국의 철강 재벌이었던
앤드류 카네기는 "부(富)를 가졌음에도
불행한 사람은 그 부가 자신만을 위한 것이라고
착각하는 사람이다." 라고 말했다.

그 입에서 거친 말이나 욕설이 튀어나와서 듣는 사람들을 불편하게 하고, 심지어는 화나게 한다면 그 악기는 천하에 몹쓸 물건이 될 것이다.

연극이나 영화, 텔레비전의 프로그램에서 관객을 웃기기 위해서 하는 익살스러운 몸짓을 우리는 몸개그라고 한다. 몸개그와 유사한 것으로 슬랩스틱 코미디(Slapstick Comedy)라는 것이 있는데, 소란스럽고 동작이 과장된 코미디를 의미한다.

슬랩은 철썩 소리가 나게 때리는 것을 의미하며, 스틱은 연극할 때 쓰던 막대기나 지팡이를 의미한다. 슬랩스틱 코미디의 대표적인 배우로는 여러분들이 잘 알고 있는 찰리 스펜서 채플린(1889~1977년)과 한국의 배삼룡, 서영춘, 구봉서 등이 있다.

이들은 자신의 몸을 아름답게 연주하여 사람들에게 희로애락의 감정을 선사해준다.

이런 사람들이 있는 반면에 사람들에게 괴로움을 주는 연주자들도 있다. 별 거 아닌 일로 인상을 쓰거나 화를 벌컥벌컥 내서 주위 사람들을 불편하고 힘들게 하는 자가 바로 그런 사람이다. 온몸에 문신을 한 채 목욕탕에 들어가서 험상궂은 얼굴로 사람들을 겁주는 어깨들도 참 나쁜 연주를 하는 범주에 속하는 사람들이다.

향수를 담은 그릇에서는 향기가 나고 변을 담은 그릇에서는 당연히 변 냄새가 난다. 이렇듯이 사람도 아름다운 소리를 내면 사람이 아름답게 보이고, 아무리 외모가 예쁜 사람이라도 그 몸이나 입술에서 거북한 소리가 나면 추해 보이고, 미운 마음이 생기게 된다. 따라서 사람들은 자신의 몸에서 아름답고 향기로운 소리가 나도록 스스로를 부단히 갈고 닦아야 한다.

우리는 주변에서 자신이 가진 재능이나 재산을 나누어 주는 사람들을 간혹 보게 된다. 이들은 자신이 가진 것을 아름답게 나누는 사람들이다. 이것을 달리 표현하면 자신이 가진 것을 아름답게 연주하는 사람들이라고 할 수 있다.

내가 가진 몸이나 입술, 재능, 재산을 어떤 마음으로 어떻게 사용(연주)하느냐에 대한 것은 결국 자신의 몫이다.

헬렌 켈러나 송병희 시인 같이 외형적으로 보면 결코 아름다울 것 같지 않은 자신을 너무나 예쁘고 고귀하게 사용해서 사람들에게 희망과 용기와 행복을 주는 사람들은 자신의 삶을 아름답게 연주하는 사람들이다. 그들이 연주하는 삶은 바이올린이나 피아노, 거문고, 가야금 등 세상의 어떤 악기보다도 벅찬 감동을 사람들에게 준다.

사람은 어떤 상황에서도 희망을 가지고 연주를 하면 나름대로 충분히 아름다운 소리를 낼 수 있다. 각자에게 주어진 환경이 아니라 생각과 자신의 삶에 대한 진지한 태도와 열정이 연주의 질을 결정하는 것이다. 따라서 자신을 둘러싸고 있는 상황이 아닌 신념이 그 사람이 연주하는 인생별곡의 소리를 결정하는 것이다.

미국의 철강 재벌이었던 앤드류 카네기는 "부(富)를 가졌음에도 불행한 사람은 그 부가 자신만을 위한 것이라고 착각하는 사람이다."라고 말했다.

축복받은 삶은 어떻게 연주해야 하는가? 사람들에게 감동을 주는 연주를 하는 것이 해답일 것이다. 내가 왜 부자나 연예인 혹은 지도층 인사인지 모르면 다른 사람들의 눈살을 찌푸리게 하는 행동을 한다. 사회적으로 물의를 일으켜서 언론에 오르내리는 사람들이 바로 그들이다.

나에게 주어진 것이 축복이라는 것을 알고 그것을 나눌 줄 아는 사람만이 제대로 어울렁 더울렁 사람 냄새 나는 사랑꽃 소리를 내게 되는 것이다.

내가 연주하는 삶의 소리는 다른 사람들에게 어떻게 들릴지 몹시 두렵고 떨린다.

6. 자신만의 좌표(座標)로 링반데룽하는 삶을 탈피하자

우리에게 다소 생소한 단어인 '링반데룽'은 등산용어다. 이것은 야간이나 악천후로 인해 목표가 불명료한 경우에 광대한 지형을 곧바로 오르는 것 같지만 실제로는 원을 그리면서 같은 곳을 돌고 있는 현상을 뜻하는 독일어다.

링반데룽은 짙은 안개, 눈보라, 폭우, 미로로 인한 사고력의 둔화 등에 의해 일어난다.

그런데 이 경우에는 즉시 행동을 중지하고 나아갈 방향과 위치를 파악한 후에 조난에 대비하는 게 현명하다고 한다.

링반데룽은 다른 말로 '환상방황'이라고도 한다.

겉보기에는 열심히 사는 것 같지만 나아지는 게 없고 항상 제자리인 사람이 우리 주위에는 많이 있다. 이 경우에는 자신만의 분명한 좌표가 없어서 방향감각을 잃고 헤맨 결과라고 할 수 있다.

무슨 일이든지 무작정 열심히 하는 것보다 중요한 것은 분명한 자신만의 목표나 좌표가 있어야 한다는 것이다. 내가 하는 일이 무슨 일인지, 어떻게 해야 하는지를 분명히 알고 하는 것과 아무 생각 없이 무작정 열심히 하는 것은 큰 차이가 있다.

요즘은 아무런 준비도 없이 퇴출당해서 방황하는 중년들이 많이 있다. 자신의 직장에서 정년퇴임을 할 거라는 생각으로 오로지 회사 외에는 다른 생각을 해 본 일이 없는 직장인들에게 갑작스런 권고사직은 '마른하늘에 날벼락'이라는 표현이 맞을 정도로 당황스러운 일일 것이다. 중도퇴사 후에 무엇을 할 것인가를 한 번도 생각해 본 적이 없는 40~50대 직장인들이기에 회사 밖에서의 일은 자욱한 안개 속을 걷는 것처럼 한 치 앞도 내다 볼 수 없는 깜깜절벽일 것이다.

준비 없이 부딪히는 회사 밖의 사회에 대한 무지가 그들에게 방향감각을 잃고 안개 속을 헤매는 링반데룽(환상방황)을 만들었을 것이다. 퇴사 후에도 회사에 다니는 것처럼 매일 집을 나서지만 어디로 가야할지 몰라서 공원벤치나 PC방, 극장으로 전전하는 사람들의 모습이 드라마에도 자주 등장한다.

서울의 어느 역에서 노숙자로 살아가는 수많은 사람들 중 대다수는 인생의 목표나 좌표를 잃어버린 사람들이다. 그들은 무슨 이유에선지 좌절하여 삶의 의욕이나 인생의 목표를 상실한 나머지 될대로 되라는 심정으로 살아가는 사람들이 대부분이다.

우리가 치열한 삶의 대열에서 낙오하지 않으려면
세상을 보는 시야를 넓혀야 한다.
내가 아는 것은 세상의 극히 일부분에
지나지 않는다는 장자(莊子)의 겸손함으로
눈앞에 놓인 현상이나
자신을 둘러싸고 있는 담장안의 상황만 보지 말고,
세상을 넓게 보는 큰 지혜와 강건한 정신을 기른다면
갑작스럽게 내 앞에 닥친 당황스러운 상황에
좌절하고 실족하는 일은 일어나지 않을 것이다.

이들 중에는 한 가정의 가장인 사람도 있고, 더러는 어머니인 경우
도 있을 것이다. 이들이 삶의 의욕을 상실하고 방황하면 가족들이 받
는 고통은 또 얼마나 클 것인가?

가족이 뿔뿔이 헤어지는 가족해체의 아픔을 겪은 사람들 또한 이들
중에는 있을 것이다.

진흙탕에 빠져서 허우적대는 사람들도 결코 특별한 사람이 아니다.
지극히 평범한 사람들인 여러분과 내가 그런 사람들에 속할 수도 있다
는 것을 우리는 잊지 말아야 한다.

그래도 다행스러운 것이 일부 노숙인은 그런 어려운 상황에서도 새
로운 삶의 목표를 설정하고 열심히 일해서 노숙인 저축왕이 되기도 하

였다. TV뉴스로도 나오는 노숙인 자활성공담은 우리에게 많은 것을 생각하게 한다.

우리가 치열한 삶의 대열에서 낙오하지 않으려면 세상을 보는 시야를 넓혀야 한다. 내가 아는 것은 세상의 극히 일부분에 지나지 않는다는 장자(莊子)의 겸손함으로 눈앞에 놓인 현상이나 자신을 둘러싸고 있는 담장안의 상황만 보지 말고, 세상을 넓게 보는 큰 지혜와 강건한 정신을 기른다면 갑작스럽게 내 앞에 닥친 당황스러운 상황에 좌절하고 실족하는 일은 일어나지 않을 것이다.

사람은 누구나 분명한 자신만의 좌표가 있어야 한다.
누구든지 자신만의 북극성을 볼 수 있는 혜안으로 바른 길을 가면 안개 속에서 길을 잃고 헤매는 일은 일어나지 않을 것이다.
교문 밖의 세상이 냉혹할지라도 이 땅의 젊은이들은 자신의 좌표를 분명히 설정하여 황금 같은 청춘을 허비하는 일이 없어야 한다.

우리 모두는 자신이 지금 올바른 방향으로 가고 있는지 한 번쯤 살펴봐야 한다.
아직도 자신의 길을 몰라서 헤매는 분들이 계시다면 양서를 통해서 삶의 지혜와 마음의 양식을 얻고, 자신만의 좌표를 분명히 설정하여 링반데룽 하는 삶을 탈피하여야 한다.

7. 내 인생의 버킷리스트

'버킷리스트' 란 우리가 죽기 전에 꼭 해 보고 싶은 일을 적은 목록을 뜻한다. 2007년에 동일한 제목으로 미국에서 개봉된 영화의 제목이기도 하다.

롭 라이너가 감독한 이 영화는 잭 니콜슨, 모건 프리먼이 주연을 맡아서 시한부 인생을 살아가는 두 남자의 일탈을 다루면서 삶의 의미에 대해서 생각하게 하는 작품이다.

유언장이 아닌 버킷리스트를 만들어 보는
것만으로도 자신의 삶에 대해서
좀 더 진지해지지 않을까 생각한다.
아무리 뛰어난 인간도
자신의 미래를 정확히 꿰뚫어 볼 수는 없다.
그렇기 때문에 인간은 살아 숨 쉬고 있을 때
자신의 삶에 대한 진지한 성찰이 필요하다.

인간의 평균 수명은 길어진 반면에 정년이 보장되지 않는 직장에서 은퇴는 죽음에 이르기까지 남은 40년, 즉 20만 시간(잠자는 시간, 식사 시간 제외)의 세월을 어떻게 사용할 것인가에 대한 심각한 고민을 하게 한다.

은퇴 후의 인생을 설계해야 한다는 얘기는 보험회사 직원들이 자주 하는 말이다. 그러나 대다수의 보통 사람들은 눈앞의 상황을 헤쳐 나가기에도 버거운 게 현실이다. 그래도 은퇴 후에 무얼 할 것인가에 대한 간단한 스케치 정도는 해야 하지 않을까 싶다.

하루하루의 삶이 버겁다고 아무런 생각 없이 은퇴라는 현실과 맞닥뜨리면 정말 막막할 것이기 때문이다. 그렇기 때문에 아무리 삶에 대한 여유가 없더라도 은퇴 후의 문제에 대해서 고민을 해 볼 필요가 있다.

외국의 경우에는 많은 사람들이 은퇴 후에는 당연히 봉사를 해야 한다고 생각하는데, 우리나라에는 아직 봉사라는 단어가 그리 친숙하게 들리지 않는다. 많은 한국 사람들이 원하는 1순위가 여행이라고 한다.

세계에서 가장 일을 많이 하는 사람들이기 때문에, 평소에 여유 있게 여행 한 번 제대로 못하는 우리나라 사람들에겐 당연한 결과인지도 모른다.

요즘은 여성들의 자아 찾기가 매우 활발하게 전개되고 있다. 아이들 키우느라고 자신은 잊고 살아온 우리의 어머니들이 뒤늦게 자신의 인생을 찾아서 노래나 그림, 악기 등을 배우기도 하고 더러는 늦은(?) 나이에 하고 싶었던 공부를 하는 사람들도 있다.

'여인의 향기' 라는 드라마에서 주인공 김선아는 시한부 삶을 판정 받은 후에 죽기 전에 꼭 하고 싶은 것(버킷리스트)을 적어 놓고 하나 하나 실천한다.

그 일을 하는 동안 그녀는 잠시나마 죽음의 그림자를 잊고 행복해 한다.

우리가 '여인의 향기' 의 김선아나 '버킷리스트' 의 잭 니콜슨, 모건 프리먼 처럼 시한부 인생이라면 과연 남은 시간에 무엇을 할 것인가? 혹자는 버킷리스트가 유언장 같아서 재수 없다고 생각할지도 모른다. 삶과 죽음은 항상 경계선에서 맞닿아 있는데도 우리는 그것을 잊고 산 다.

마치 죽음은 저 먼 나라의 얘기인 것처럼 생각한다.

유언장이 아닌 버킷리스트를 만들어 보는 것만으로도 자신의 삶에 대해서 좀 더 진지해지지 않을까 생각된다. 아무리 뛰어난 인간도 자 신의 미래를 정확히 꿰뚫어 볼 수는 없다. 그렇기 때문에 인간은 살아 숨 쉬고 있을 때 자신의 삶에 대한 진지한 성찰이 필요하다. 타인의 미 래에 대해서 점을 치는 점쟁이들도 정작 자신의 운명은 내다보지 못한 다고 한다.

지구상의 어떠한 인간도 자신의 미래를 정확히 예측할 수는 없기 때 문에 미리 버킷리스트를 만들어 놓고 가까운 미래에 그것을 실천할 수 있도록 노력하는 것이 중요하다.

그렇게 하는 사람은 누구든지 오늘의 삶에 대해서 훨씬 더 진지해지고 열심히 살게 될 것이며, 그 결과 인정받는 사람이 될 확률이 높아지게 될 것이다.

국가원수가 퇴임 후에 봉사활동에 전념하는 그런 나라를 보면 참 많이 부럽다. 군이 국가원수가 아니더라도 전직 시장이나 국회의원, 각종 단체의 장들 중에 정치적 욕심을 버리고 사회봉사에 전념하는 한국의 지도자들을 보는 것이 왜 그리 힘든 것일까?

미국이라는 나라는 안 부럽지만 지미 카터 같은 전직 대통령을 둔 미국인들은 가끔 부러울 때가 있다.

많은 한국인들의 버킷리스트에 '봉사' 라는 단어가 올라가길 간절히 소망해 본다.

나의 버킷 리스트에도 당연히 봉사라는 단어를 올려놓으려고 한다.

비록 가진 것은 없지만 내가 가진 아주 작은 재능이라도 기부할 생각이다. 물질적인 부유함은 내 것이 아닐지라도 마음만은 부자이고 싶어서일 것이다.

여러분들도 자신만의 버킷리스트를 만들어 보시기 바랍니다.

8. 남과 비교하는 순간부터
불행은 시작된다

인터넷에 떠돌던 달동네부부의 이야기다. 가난하지만 방 한 칸에 부부와 자녀 2명이 복작대며 살았는데, 그 땐 가난했지만 정말 행복했었다고 한다. 열심히 노력해서 아이들 방을 따로 줄 수 있는 곳으로 이사할 수 있다는 희망과 서로의 체온을 느끼며 사는 생활이기 때문에 가족 간의 정이 있었고 행복이 있었다.

세월이 흘러 그렇게 행복하게 달동네에서 살던 부부는 드디어 방 2개짜리 아파트로 이사를 하게 되었다고 한다. 그런데 그 날 이후로 그들은 오히려 불행해졌다. 같은 아파트에 사는 사람들과 자꾸 비교를 하게 된 것이 그 이유다.

같은 아파트에도 평형의 종류가 다르고, 가구나 기타 살림살이에서 많은 차이가 있었다.

그렇게 잘 사는 사람들 틈바구니에서 이웃사람들이 하는 소리를 들게 되었다. 그 후로부터 부부는 자꾸 서로가 결혼을 잘못했다는 생각을 하게 되었고 부부싸움도 잦아졌다.

아무리 노력을 해도 이웃들과 비교가 돼서 그들은 늘 불행했다.

그러다가 어느 결혼기념일에 남편은 아내를 데리고 예전에 살았던 달동네 집으로 가서 그들이 어떻게 살았는지 그 때는 서로가 얼마나 행복했었는지를 상기시켜 주었다.

그 순간 그의 아내는 솟구쳐 오르는 감정을 억제하지 못하고 남편의 품안에서 소리 내어 울었다고 한다.

1960년대만 해도 우리나라는 시쳇말로 똥구멍이 찢어지게 가난한 나라였다. 매년 지겹게 반복되는 보릿고개 때에 어른은 물론 아이들도 풀뿌리와 나무껍질을 먹었는데 섬유질이 분해되지 않고 남아있어서 변을 보지 못할 경우가 종종 생겼다. 그래서 손으로 그것을 끄집어내다가 항문이 찢어지는 경우도 종종 있었는데, '찢어지게 가난하다'는 말은 이것에서 유래된 것이다. 또한 어린 나이에 술지게미로 허기진 배를 채우다가 취기를 이기지 못해서 해롱대던 아이들의 모습도 가끔 볼 수 있었다.

학교 갔다가 오면 먹을 것이 없어서 들로 산으로 먹을 것을 찾아서 헤매던 그 시절은 삶이 그리도 고단했었지만, 그래도 오고가는 정이 있었고, 사람 사는 냄새가 진득하게 배어있었다.

학교에서도 아이들은 가난하다는 이유로 친구를 왕따 시키지 않았으며, 오히려 잘사는 친구들이 못사는 친구의 도시락까지 싸가지고 와서 나누어 먹는 그런 모습들이 그 시절의 학교친구들이었다.

가난한 학생과 부자 학생들이 같이 어울려서 친구가 될 수 있었던 그런 시절은 지나고 이제는 부모들이 아예 자식들한테 가난한 집 아이들과는 친구도 하지 말라고 하는 세상이 되어 버렸다.

소위 잘나가는 부모를 둔 친구, 부자 친구를 사귀어야 자기 자식도 잘될 수 있다는 얄팍한 생각에서 친구도 부모의 부와 명예로 사귀는 시대가 되어버렸다.

대기업과 중소하청업체, 부자와 가난한 사람, 부동산을 가진 사람과 못 가진 사람을 부모로 둔 자식들은 출발선부터 차이가 나는 게 요즘 세상이다.

남과 자주 비교하다가 보니 가전제품이나 의류, 자동차도 남들이 무엇을 사는지, 남들에게 뭐라고 평가될지를 생각하면서 구매를 하게 된다. 그러다 보니 많은 사람들이 분수를 넘어서는 과소비로 빚에 허덕이게 되기도 한다.

옆집 여편네가 무슨 옷을 입었으니 나도 그 정도는 입어줘야 무시를 안 당할 것 같고, 앞집에서 몇 cc급 자동차를 샀으니 나도 가랑이가 찢어지건 말건 그 정도는 사야 한다. 분수를 지킨다고 그런 거 안 사면 무능한 남편, 무능한 아빠 소리를 듣는 게 요즘의 가장들이다. 오메 기죽어, 기가 팍 죽은 남자들은 모든 게 죽어버린 남자가 되고 만다.

불쌍한 세상에 사는 불쌍한 사람들!

이 땅의 부모들은 너도나도 내 자식이 남들에게 뒤지지 않게 하겠다고 자식들을 유학 보내고, 나이 어린 자식을 위해서 엄마는 자식의 뒷바라지를 위해 따라가는 경우가 허다하다. 그러다 보니 여기저기서 기러기 가족들이 생겨났다. 그런데 이렇게 가족들이 다 외국으로 떠나고 혼자 남은 남자들은 술을 마시거나 방황하다가 탈선을 하기도 하고, 심지어 그들 중 일부는 극단적인 선택을 하기도 한다.

남과 나의 부유함(삶의 형편)을 비교하지 마라,
비교하는 순간 불행은 악마가 되어 당신의 가정을 박살내고 당신의 행복을 산산이 부숴버릴 것이다.
우리가 세상을 살아가면서 이웃을 전혀 의식하지 않을 수는 없겠지만 소비는 자신의 능력껏 적당히 해야 한다.
아니면 아예 내 인생은 나의 것이라는 확고한 주체성을 가지고 당당하게 우리 가족의 삶, 나만의 삶을 살아가야 한다.

9. 꿈꾸는 사람의 행복

어렸을 때는 누구나 미래에 대한 꿈을 꾼다. 열 살 때까지만 해도 그 꿈은 매우 선명하다. 이 때는 주로 많이 알려져 있는 명료한 직업인 대통령, 군인, 간호사, 교사 등등. 수만 종류의 직업 중에서 주위에서 쉽

"꿈은 이루어진다."는 말이 한동안 유행했었다.
이 말의 진의는 꿈꾼다고 다 이루어진다는
뜻이 아니라 꿈꾸는 자만이
꿈을 이룰 수 있다는 뜻일 것이다.
50~60의 나이에도 뭔가 자신이
좋아하는 일을 하는 사람은
얼굴이 참 편안하고 행복해 보인다.
또한 자신의 삶에 대한 열정도 보인다.
삶의 대한 열정은 중년의 삶을
젊고 아름답게 만든다.

게 볼 수 있거나 위인전을 통해서 알게 된 직업이 선망의 대상이 된다. 그런 관계로 초등학생까지의 꿈은 대부분 한정된 몇 가지로 제한되어 있다.

그러다가 십대 후반이 되어 진로를 고민하고 학과 선택을 할 때쯤 되면 미래에 대한 꿈이 좀 더 구체화되고, 상당히 다양한 직업군이 등장한다.

물론 꿈이라는 것이 꾼다고 해서 다 이루어지는 것은 아니다. 하지만 자신의 능력으로는 도저히 불가능한 몇 가지를 제외한다면 (이를테면 대통령이나 오성장군 등), 자신의 꿈을 포기하지 않고 가슴속 깊이 간직하면서 언젠가는 그 꿈을 이루고 말 것이라는 내면의 다짐을 한다면 꿈이 현실화될 수 있다.

대학 진학은 못했지만 어릴 적 꿈이 선생님인 사람은 자신의 꿈을 버리지 않고 열심히 주어진 삶을 살다가 보면 그 분야의 전문가로서 사람들을 가르칠 기회를 얻을 수도 있다. 고졸 출신의 겸임교수가 그런 사람이다.

어떠한 상황에 처하더라도 결코 포기하지 않고 자신에게 주어진 삶을 열심히 살다가 보면 어느 순간에는 그 꿈을 이루게 되는 것을 우리는 주위에서 자주 접할 수 있다.

나이 육십에 고졸검정고시를 합격하고 사이버대학과 대학원을 진학하여 칠십이 다 된 나이에 노인대학 강사로 나선 어느 분의 이야기는 꿈의 소중함을 일깨워 주고 있다.

요즘은 늦은 나이에 문단에 등단하는 사람들이 많아지고 있다.
젊은 날에는 먹고 살기에 급급해서 대학 진학도 문학과는 거리가 먼
학과를 택하고 삶의 전선에서 정신없이 일하다가 어느 날 자신을 돌아
보며 글을 쓰고, 등단도 하는 사람들이 늘고 있다.
소설가 박완서씨도 나이 사십이 넘어서야 등단했지만 좋은 작품을
많이 남겼다.

나이가 많다고 '이제 와서 이 나이에 무슨 일을 시작하겠는가?' 라는
생각으로 자신이 진정으로 하고 싶었던 일을 포기하셨던 분이 있다면
절대로 그러지 말라는 당부를 드리고 싶다.

고작 백년도 못사는 인생인데, 자신이 해 보고 싶은 것을 못 해본다
면 얼마나 한이 되겠는가?
그것이 비윤리적인 것이 아닌 바에야 결코 자신이 품어왔던 꿈을 포
기하지 말기를 강력히 요청하고 싶다.

"꿈은 이루어진다."는 말이 한동안 유행했었다. 이 말의 진의는 꿈꾼
다고 다 이루어진다는 뜻이 아니라 꿈꾸는 자만이 꿈을 이룰 수 있다
는 뜻일 것이다.
50~60의 나이에도 뭔가 자신이 좋아하는 일을 하는 사람은 얼굴이
참 편안하고 행복해 보인다. 또한 자신의 삶에 대한 열정도 보인다.

삶의 대한 열정은 중년의 삶을 젊고 아름답게 만든다.

나이 들어서 느끼는 쓸쓸함이나 무력감을 이성을 통해서 풀어보려는 사람들이 점차 늘고 있다. 물론 그것도 한 방법이긴 하지만 근원적인 해결방법은 못 된다고 본다.

자신의 삶을 윤택하게 할 수 있는 일을 시작하자. 자신이 수십 년 가슴속에 묻어두었던 그 일을 시작한다면 나이 들어서 창피당할 일도, 자식들 보기에 부끄러울 일도 없을 것이다. 오히려 자식들 앞에서 떳떳하게 자신도 뭔가 할 수 있다는 것을 보여줄 수 있을 것이다.

- 자 봐라! 엄마나 아빠가 이런 사람이다.

자신이 오랜 시간 동안 꿈꿔왔던 일을 하는 사람들은 힘들어도
얼굴에는 미소가 넘치고 행복해 보인다.
꿈은 인간의 삶을 윤택하고 행복하게 한다.
자신의 내면에 무엇이 잠자고 있는지 살펴보고 이제라도 그 꿈을
자신의 삶 가운데로 끄집어내시기 바랍니다.
행복의 열쇠가 거기에 있습니다.

10. 타인의 아픔에 고통을 느끼면 그건 사랑입니다.

사람이 한평생 살아가다 보면 대다수는 수많은 난관이나 고통에 직면하게 된다. 혹자는 삶이 행복하다고 말하기도 하지만, 그런 사람이라고 하더라도 일생동안 행복하거나 기쁜 일만 있을 수는 없다. 그건 대재벌집안에 태어난 사람이나, 명문가에 태어난 사람이라고 하더라도 마찬가지이다.

타인의 고통이 자신의 고통으로 다가올 때
우리는 그것을 사랑이라고 말한다.
세상 사람들이 느끼는 고통이
나의 고통으로 다가 올 때
우리는 자기희생의 봉사와 자선을 시작하게 되고,
그 일을 하면서 받는 고통에서
행복을 느낀다.

고통에는 상반되는 두 가지 종류가 있는데, 행복한 고통과 불행한 고통이 그것이다. 불행한 고통은 내가 원치 않는데도 불구하고 외부의 힘에 의하여 비자발적으로 생긴다. 반면에 어떤 사람에게는 행복한 고통이 있을 수도 있는데, 자신의 의지에 의하여 자발적으로 생기는 고통이 여기에 해당된다. 물론 자신의 몸을 학대함으로써 생기는 고통에서 쾌감을 느끼는 병적인 경우는 예외로 한다.

영화설교가로 유명한 하정완 목사님은 어머니에 관한 얘기를 곧잘 하시는데, 모친께서는 남편 없이 혼자 벌어 자식을 공부시키는데도 늘 용돈은 자신이 원하는 액수를 훨씬 넘는 금액을 주셨다고 한다. 그렇지만 방학 때 제주도에 있는 집에 가보면 변변한 살림살이 하나 없고, 옷은 수년째 같은 옷만 입었다고 한다. 남들처럼 옷이라도 제대로 사 입으라고 하면 늘 "남편도 없는 내가 무슨 옷이 필요 있냐?"는 식의 대답이셨다고 한다.

1980년대 이전 우리네 부모들의 일반적인 모습이 그러했을 것이다. 자신은 주린 배를 움켜쥐더라도 자식은 배불리 먹이려고 하시던 눈물겨운 모정의 한 단면이다. 배고팠던 시절에 "자식이 맛있게 먹는 모습만 봐도 행복하다."고 말하던 어머니들의 고통은 진정 행복한 고통이었을 것이다.

그런 어머니들이 있었기에 1960년대 초 세계 10대 빈국에서 탈피하여 GDP 2만달러의 세계 12번째 경제대국인 오늘의 대한민국이 존재할 수 있게 되었다고 단언한다.

대다수의 사람들은 자신에게 지나치게 예민하고, 자신을 지나치게 사랑한다. 그러다 보니 그런 사람들은 자신에게 닥치는 조그마한 고통에도 민감하게 반응하며 고통스러워한다. 이 경우의 사람들은 타인의 고통에 눈을 돌릴 여유가 없다.

타인이 겪는 100의 고통보다 자신이 겪는 1의 고통이 더 크게 느껴지기에 "너만 힘드니? 나도 힘들어."라고 하면서 타인의 고통과 불행을 외면하게 되는 것이다.

역사 이래로 우리에게 성인이라고 불려온 사람들은 자신의 고통에는 다소 둔감한 반면 타인의 고통에 민감하게 반응했던 사람들이다. 그렇기 때문에 자신에게도 크고 작은 고통이 있었겠지만 타인의 고통을 외면하지 못하고 그 고통 속으로 뛰어들었던 것이다.

인도의 빈민촌에서 평생봉사로 살았던 테레사 수녀나 전쟁의 포화 속에서 다친 병사들을 간호하기 위해서 전장으로 달려나갔던 나이팅게일의 경우는 성인이라고 칭해도 부족함이 없는 사람들이다. 남들은 그들의 삶이 불행했다고 생각할 수도 있겠지만 그들 자신만큼은 고통 속에서도 진정 행복했을 것이라고 믿어 의심치 않는다.

2011년 9월 7일 개봉한 영화 '통증'은 친구의 곽경택이 감독을 하고, 남순역의 권상우와 동년역의 정려원이 주연을 맡은 영화다. 이 영화에서 자신의 몸에 대해서 통증을 못 느끼던 남순이 동년이 겪는 고통을 보면서 자신이 더 고통스러워한다.

그래서 남순은 동년의 고통을 지켜보기가 너무 고통스러워 자신의 목숨을 가져가고 대신 동년을 고통에서 해방시켜달라고 기도한다. 동년은 동년대로 자신의 고통(혈우병)에 괴로워하는 남순을 지켜보는 게 고통스러워서 사랑하는 남순에게 헤어지자고 말하고 남순은 고개를 끄덕인다.

이렇듯 타인의 고통이 자신의 고통으로 다가올 때 우리는 그것을 사랑이라고 말한다. 세상 사람들이 느끼는 고통이 나의 고통으로 다가올 때 우리는 자기희생의 봉사와 자선을 시작하게 되고, 그 일을 하면서 받는 고통에서 행복을 느낀다.

세상 사람들이 볼 때 가수 김장훈씨는 참으로 어리석은 사람이다. 40대의 나이에 결혼도 하지 않고, 자신은 전세에 살면서도 수십억 원을 기부하는 그의 행위가 지나치다고 생각하는 사람들이 분명히 있을 것이다. 그는 타인을 위해 그런 힘든 일을 하는 것이 아니라고 한다. 지나치게 보이는 기부행위를 그는 오로지 자신을 위해서 한다고 말한다.

기부할 것을 미리 정해놓고 기부를 약속하는 선(先)기부까지 하는 그는 위대한 바보다. 나는 이런 바보 김장훈이 정말 좋다. 동생뻘이지만 김장훈이 존경스럽다.

타인의 고통에서 아픔을 느끼는 따뜻한 사람들이 많은 대한민국이 되기를 소망해 본다. 우리 사회에 행복한 고통에 동참하는 사람들이 많아져서, 더불어 사는 아름다운 나라가 되기를 간절히 바란다.

11. 좋은 부모란 어떤 사람인가?

자식을 위해서 헌신하는 부모의 모습은 예전이나 지금이나 크게 다르지 않은 것 같다.

그렇지만 그 방법에서는 과거와 현재가 큰 차이를 보이고 있다. 그것은 세상을 바라보는 부모들의 관점이 다르기 때문이다. 과거의 부모들은 돈 보다는 명예를 소중히 여겨서 자식들이 부자보다는 남에게 존경받는 훌륭한 사람이 되기를 원했지만, 자본주의 사회가 되면서 남보다 잘 먹고 잘 살기를 바라는 부모들이 많아졌다는 것이 예전과 다른 부분이다.

현대적 의미에서 좋은 부모란 어떤 사람인가? 자식에게 좋은 부모가 되기 위해서는 먼저 자신이 좋은 사람이 되어야 한다. 자식은 싫든 좋든 부모의 모습을 거울로 보면서 자신의 인격을 형성해 간다. 그래서 대부분은 좋은 부모 밑에서 좋은 자식이 만들어지고, 나쁜 부모 밑에서는 나쁜 자식이 만들어진다. 간혹 예외적으로 훌륭한 부모 밑에서 짐승 같은 자식이 생기기도 하고, 인간쓰레기 같은 부모 밑에서 훌륭한 자식이 만들어지기도 한다.

자녀에게 가장 좋은 교사는 부모다. 학교선생들은 공부를 가르치고, 인성을 가르치는 것은 부모이기 때문이다. 아무리 자식이 물질적으로 원하는 것을 다 들어준다고 하여도 자식에게 무관심한 부모는 결코 좋은 부모라고 할 수 없다. 자식은 부모가 주는 물질을 먹고 품성이 성장하는 것이 아니라 관심과 사랑을 먹고 자라기 때문이다.

그런데도 어떤 부모들은 "내가 힘들게 벌어서 네가 원하는 것은 다 해줬는데 뭐가 부족해서 이 모양이냐?"고 자식을 책망하기도 하는데, 이런 부모의 모습이 드라마에 단골로 등장한다.

그런 부모들은 등골 빠지게 돈 벌어서 과외도 남보다 많이 시켜주고, 외국 유학도 시켜줬으면 할 만큼 했다고 생각하기 때문에 그런 자식이 취직도 제대로 못하고 계속해서 부모에게 경제적인 부담만 바랄 때는 자식에게 욕설과 폭력을 동반한 화풀이를 하기도 한다.

그래도 이런 부모들은 그나마 좀 나은 부모들이다. 아주 나쁜 부모의 예는 따로 있다.

요즘은 학교에서 선생님들이 웬만하면 학생들을 때리지도 않고 욕도 잘 안한다. 학생들이 동영상을 찍어서 신고를 하면 교사가 잡혀가는 세상이기 때문이다. 그래서 학교에서 선생님에게 욕을 들어먹거나 맞는 학생의 대부분은 아주 말을 안 듣는 불량학생의 경우라고 보면 거의 틀림이 없다. 그런데 이 경우 참 나쁜 부모들은 학교로 찾아가서 선생님에게 아이를 잘못 가르쳐서 죄송하다고 사과를 하는 것이 아니라 "네가 뭔데 감히 내 자식을 때려?"라고 하면서 많은 학생들이 지켜보는 데서 선생을 구타한다.

학생들이 급우를 왕따시키고 괴롭혀서 자살로 내몰았으면 마땅히 벌을 받아야 함에도 불구하고 '네 자식 때문에 내 자식의 앞길에 문제가 생긴다.'면서 오히려 피해학생의 부모를 협박하는 몰상식한 부모들도 있다고 한다. 단체로 여학생을 성폭행한 부모가 오히려 피해학생 부모에게 협박을 하는 게 언론에 보도되기도 한다. 이런 인간 밑에서 자란 자식이 온갖 과외와 해외유학으로 우리 사회의 지도층 행세를 할 때 이 나라가 어떤 모습이 되겠는가? 출세하면 다고 성공하면 다라는 식의 도덕불감증 사회가 될 것은 너무나도 분명한 사실이다.

목적을 위해서 수단이 정당화되는 것만큼 위험한 사회는 없다. 그런 사람들이 사회지도층을 형성하고, 정치지도자가 된다면 이 나라는 파렴치한과 협잡꾼이 판치는 그런 나라가 될 것이다.

목적뿐만 아니라 과정까지도 선한 것을 당연한 것으로 여기는 사회가 되어야 하며, 그런 사고를 가진 사람들이 사회지도층이 되고 정치지도자가 되어야 한다.

그런 사회가 되기 위해서는 남 탓 할 것 없이 나 자신부터 자식을 제대로 키워야 한다.

세상에 자식 키우는 것만큼 소중한 것도 없다. 자식을 제대로 키우려면 박사학위 몇 개로도 부족하다. 그런데 요즘 엄마들 중에 "내가 어떻게 석사학위, 박사학위를 받았는데 집에서 자식이나 키워?"라고 말하기도 한다. 그러나 요즘도 사회적으로 존경받는 사람들을 보면 대부분 그 뒤에 훌륭한 어머니가 있다.

지난 5월 7일 국립극장 해오름극장에서 '예술가의 장한 어머니 상'을 수상한 가수이자 작곡가이며, 연예기획사 운영자인 박진영씨의 어머니 윤임자씨도 그런 분에 해당한다.

자녀가 좋은 사람이 되도록 하려면 자녀와 좋은 만남을 가져야 하고, 자녀에게 좋은 스승을 만날 기회를 주고 인성이 좋은 친구와 좋은 이웃을 만나도록 하는데 힘써야 한다.

자녀가 좋은 사람이 되기 위해서는 이런 좋은 환경이 필요하다. 그와 더불어 부모가 자식을 위해서 꼭 해야 할 것이 있는데, 그것은 자식을 위한 부단한 기도다.

옛날에 우리 어머니들은 자식들 잘 되라고 매일 새벽에 일어나서 정한수를 떠놓고 빌고 또 빌었다. 어떤 종교를 가지고 있든 상관없이 부모로서 자식의 장래를 위한 기도를 게을리하지 말아야 한다.

좋은 자식은 그냥 생기는 것이 결코 아니며, 좋은 부모가 되는 것은 참으로 어려운 일이다.

미래의 대한민국을 이끌어갈 훌륭한 지도자를 배출하기 위해서라도 내 자식을 위한 정성스런 기도를 지금 바로 시작합시다.

12. 성공하는 인생 어떻게 살아야 하는가

대부분의 사람들은 남과 똑같이 해서는 성공하기 힘들다는 것을 알고 있다. 그렇지만 성공하는 사람은 많지가 않다. 왜 그럴까? 그것은 아마도 알고 있다는 것과 실천한다는 것은 다르기 때문일 것이다.

장자는 "배움에 게으른 사람은 성공할 수 없다."고 말했다. 다시 말하면 배움에 항상 힘쓰는 것이 성공의 한 요인이 될 수 있다는 것이다. 또한 장자는 "세상의 모든 사람에게 맞는 잘 사는 방법은 없다."고 했다. 각자의 능력이나 처한 상황에 따라서 성공하는 방법이 다르다는 것을 말해주는 것이다.

어떤 분야에서 성공하기 위해서 성공한 사람을 벤치마킹하는 사람들이 종종 있다. 좋은 방법이기는 하지만 그것이 성공을 보장하지는 않는다. 그 사람을 흉내는 낼 수 있지만, 뛰어넘기는 힘들다. 따라서 마케팅을 위해서 다른 사람(혹은 회사)의 것을 벤치마킹하더라도 똑같이 따라할 것이 아니라 자신만의 독창성을 가미해야 자신의 사업이나 인생에서 성공할 수 있다.

각종 방송매체에서 소개하는 전국의 맛집들은 다소 과장된 부분이 있기는 하지만 그래도 남들과 다른 면이 있는 음식점들이다. 다른 음식점과 재료나 맛의 차이가 없다면 굳이 손님들이 그 가게에 갈 이유가 없기 때문이다.

  남들이 하지 않는 기발한 방법으로 마케팅을 해서 크게 성공한 사람들도 매스컴에 오르내린다. 또한 SNS(소셜네트워크서비스)라는 경제의 신대류에서 성공하여 세계적인 부호가 된 사람들이 있는데, 페이스북 창업자인 마크 주커버그가 그런 사람들 중의 한 사람이다.

  몰개성의 시대에는 개성 있는 외모와 옷차림이 세상의 주목을 받는다. 이런 사람들을 주로 소개하는 TV프로가 있는데 SBS에서 방영되고 있는 장수프로그램 '세상에 이런 일이'가 그것이다. '세상에 이런 일이'는 도무지 이해가 되지 않는 옷차림과 식성, 생활태도가 사람들의 주목을 받자 그것을 방송으로 만들어, 10년 이상 시청자들에게 사랑받는 SBS의 간판 프로그램이 되었다.

  튀는 옷차림이나 행동이 성공을 보장하는 것은 결코 아니다. 그렇지만 남들과 다르게 살아야 세상의 주목을 받을 수 있고, 설사 주목을 받지 못할지라도 그렇게 사는 사람들이 사회적으로 성공할 확률이 높은 게 우리가 살고 있는 21세기다.
  기발한 아이디어라는 것도 따지고 보면 남과 다르게 생각하는 것이다. 남과 똑같이 생각하는 사람이 번뜩이는 독특한 생각을 하는 경우는 없다고 봐야 하기 때문이다.

예술가들은 더더욱 독특한 발상과 자기만의 세계가 있어야 성공한다. 자신의 생각을 일정한 틀 속에 가두는 행위는 창의성을 떨어뜨린다.

청소년기는 무한한 상상력의 세계에서 살아가는 시기다. 따라서 이 시기에는 마음껏 읽고, 생각하고, 상상하는 것이 좋다. 청소년들은 장래의 꿈이 학자나 공학도가 아니라면 공부도 중요하지만 공부외적인 것에 많은 신경을 써야 한다.

그런데 요즘의 학교환경이 중·고등학생들의 창의성을 길러주는 것과는 거리가 멀어서 걱정이 된다. 앞만 보고 가라는 학부모들의 등쌀도 힘든데, 공부만 원하는 학교와 폭력을 일삼는 일진들의 존재가 그들을 더 견디기 어렵게 한다. 거기에다 브랜드 신발이나 가방이 없는 학생들은 가난해서 재수 없다고 친구(?)들이 왕따 시키니, 그들에게 학교는 더 이상 배움의 터전이 아니라 지옥인 셈이다. 우리 학생들이 좀 더 열린 사고로 친구들을 이해하고 보듬어 줄 수는 없는 것일까? 학우들끼리 서로의 개성을 진심으로 인정해주는 청소년다운 순수함은 어디로 간 것인지 안타까울 뿐이다.

결혼식도 남들처럼 해야 하고, 혼수도 남들과 같이 해야 하니 보통 사람들은 결혼하기 너무 힘든 나라가 바로 한국이다. 이런 것들은 결혼문화라고 하기에 너무 천박하다는 생각이 든다.

우리나라는 드라마에서 여배우의 어떤 머리가 눈에 띄면 순식간에 유행이 된다. 여주인공이 입고 나온 옷이 완판 되었다고 다음날 뉴스거리가 되는 나라가 또한 한국이다. 온 나라에서 유행의 물결이 넘실거린다. 심지어는 스타의 일거수일투족까지도 그대로 따라하려는 사람이 있다. 이른바 몰개성의 시대에 우리는 살고 있는 것이다.

그런데 이런 유행성 바람과는 반대의 길을 걷는 사람들이 생기기 시작했다. 잘 나가던 사업가나 남들이 부러워하는 직장에 다니던 사람이 다르게 살기 위해 모든 걸 다 버리고 깊은 산골에 정착하여 살고, 그런 사람들의 이야기가 인간극장이나 인터넷을 통해 사람들에게 소개되고 있다. 이들의 삶은 물질적인 기준에서는 성공이라고 말하기 어렵지만, 그 사람의 인생을 놓고 보면 성공이라고 해도 그리 잘못된 표현이 아닐 것이다.

물질적인 것이든, 물질 외적인 것이든 우리가 성공하기 위해서는 남들과 다르게 살아야 한다는 것은 상식이 되어버렸다.

유행을 좇아서 남들과 똑같이 살 것인지, 아니면 자신만의 개성 있는 모습으로 살 것인지에 대한 선택은 각자의 몫이다.

여러분은 어떻게 살고 싶습니까?

13. 반복이 기적을 낳는다

웬만큼 머리가 나쁜 사람도 어떤 일을 계속하다 보면 자연스럽게 그것이 머릿속에 남는다. 이른바 반복학습의 효과 때문이다.

무엇이든지 한 번에 외우려고 하기보다 여러 번 반복해서 보면 어느 순간에는 기억으로 남게 되어 있다.

어릴 때는 누구나 꿈을 꾼다.

그러나 그 꿈을 현실로 만드는 사람들에게는 공통적인 특징이 있다.

바로 그 꿈을 향한 부단한 노력, 반복학습이 그것이다.

생활의 달인에 나오는
달인들의 한결같은 공통점도
피나는 반복학습의 결과로
자기 분야에서 달인이 되었다는 것이다.

생활의 달인에 나오는 달인들의 한결같은 공통점도 피나는 반복학습의 결과 자기 분야에서 달인이 되었다는 것이다.

물론 타고난 천재도 간혹 있다.

그러나 어느 분야에서 최고가 되는 것은 타고난 천재성만 가지고는 힘들다고 한다.

어릴 때 천재 소리를 듣던 사람이 성인이 되어서도 여전히 천재라고 칭해지는 것은 부단히 노력한 사람에 한해서 가능한 것 같다.

게으른 천재들은 대부분 끝까지 천재로 남지 못하고 도태된다.

한국이 낳은 세계적인 발레리나 강수진씨의 이야기는 너무나 유명하다. 그녀의 발을 처음 영상으로 봤을 때의 충격을 나는 잊을 수가 없다. 도저히 여인의 발가락이라고 하기에는 믿기지 않을 정도로 망가진 그녀의 발가락을 보면서 저절로 마음이 숙연해졌었다.

얼마나 반복해서 피나는 노력을 했으면 발가락들이 전부 저 모양이 되었을까? 참 많이도 가슴이 아팠었다.

영국의 프로무대에서 활약하는 축구선수 박지성씨의 경우도 타고난 천재라기보다 부단히 노력하는 형이라고 할 수 있다.

그의 발도 영상으로 보니, 참으로 많이 망가진 모습이었다.

세계적인 선수들과 어깨를 나란히 하기 위해 박지성 선수가 얼마나 피나는 노력을 하였는지 미루어 짐작할 수 있었다.

이 두 사람 모두 반복이 기적을 낳은 대표적인 경우라 할 수 있다.

대부분의 사람들은 천재들을 부러워한다.

"무슨 복을 받아서 저 사람은 노력하지 않아도 되는 천재성을 타고 났을까?"

그러나 우리가 꼭 알아야 할 것이 있다. 타고난 천재성이 축복이 아닌 경우가 종종 있다. 그 타고난 천재성 때문에 단명하거나 망가지는 경우를 우리는 너무나도 많이 봐왔다.

천재들의 경우는 자신의 천재성에 대한 우월감 때문에 다른 사람에게 뒤지는 걸 못 참는다고 한다. 그러나 보통 사람들의 경우는 누가 나보다 앞서가도 그것 때문에 화병에 걸리는 경우가 상대적으로 드물다. 그런 이유로 천재들이 보통 사람들보다 훨씬 우울증에 잘 걸린다고 한다.

반복은 기적을 낳는다. 이 평범한 진리를 믿고 부단히 노력하는 사람은 언젠가는 땀의 결실을 맺을 것이다.

타고난 천재성보다는 부단한 노력으로 한 걸음 한 걸음 자신의 목표를 향해서 나아갈 때, 그 성취에 따른 벅찬 희열도 맛볼 수 있으니 보통 사람으로 태어난 것이 얼마나 다행스러운 일인가?

케이블카를 타고 산 정상에 올랐을 때와 힘들게 걸어서 땀 흘리며 정상에 올랐을 때 느끼는 기쁨의 차이는 확연히 다르다.

반복이 낳은 기적이 주는 기쁨과 타고난 천재성으로 쉽게 이룩한 것의 차이도 이와 같을 것이다.

반복은 기적을 낳는다. 기적을 이루었을 때 큰 기쁨을 느낄 수 있는 보통 사람으로 태어난 것에 감사해야 한다.

천재보다는 평범한 사람이 흘려야 할 땀이 더 많고, 그 흘린 땀의 양만큼 기쁨의 크기도 훨씬 클 수 있기에 내가 천재로 태어나지 않은 것에 대해 부모님께 감사해야 한다.

어머니, 아버지 감사합니다.

14. 너와 나 그리고 우리

농경사회에서 산업화 사회로 넘어가면서 우리가 겪은 가장 큰 혼란 중의 하나가 아마도 공동체의식의 붕괴가 아닌가 싶다.

사람의 인력에 의지해서 농사를 짓던 시대의 농업은 혼자서는 감당하기가 구조적으로 힘들어서 어쩔 수 없이 마을 단위의 공동체적인 형태로 운영될 수밖에 없었다. 따라서 농민들에게 있어서 마을공동체는 운명과도 같은 것이었다.

농촌에서는 농번기에 품앗이를 하지 않으면 농사철에 제때에 파종을 하고 모내기를 하기가 힘들다. 이런 이유로 농촌에서 농사일을 함에 있어서 서로 돕는 품앗이는 불가피한 선택이 아니라 필수였다.

그래서 농촌에서 살던 대다수 사람들은 농사철에 이웃에 품을 팔기도 하고 서로 도와가면서 모내기를 하였다. 막걸리 한 사발로 모내기의 고된 노동을 견디고, 작자 미상의 농요를 부르면서 농사일을 천직으로 알던 우리의 선조들은 농투성이의 고된 일상을 그렇게 엮어나갔다.

'너'와 '나' 뿐만이 아니라 바로 우리라는 공동체 의식이 있었기에 수탈당하던 농노 같은 삶속에서도 서로를 보듬어 주며, 약한 자의 슬픔을 나누고 기쁨을 함께 하는 그들 나름의 삶을 살 수 있었던 것이다.

산업화된 사회에서 중소기업체 근로자나 영세한 자영업자들의 삶은 우리네 선조들의 그것만큼은 아니지만 고단하다. 그런데 이들의 행복지수를 재어보면 결코 우리네 선조들보다 높게 나오지 않을 것 같다.

먹성이나 입성 등 어느 것 하나 그 옛날 선조들의 삶과는 비교할 수 없을 만큼 좋아졌음에도 불구하고 왜 우리는 더 웃음을 잃어가고 있는 것일까?

고된 일상은 옛날의 그것보다 약해졌음에도 불구하고 왜 우리네 가난한 사람들의 삶은 더 고단하게 느껴지는 것일까? 그것이 '우리'라는 공동체 의식의 약화 때문이라면 핑계가 아닌 합당한 이유가 되지 않을까?

'너' 와 '나' 는 있는데 우리가 없는 현실에서 우리네 삶이 더 고단하게 느껴지는 것이리라.

'우리' 라는 말은 참 정감이 가는 단어다.

기쁨은 함께 해서 배가시키고 슬픔은 나누어서 반감시키는 것이 바로 우리라는 단어가 주는 무형의 힘이다. 그래서인지 우리는 내 아내를 내 집사람이라고 안 하고 우리 집사람이라고 한다. 내 어머니는 우리 어머니라고도 표현한다.

우리라는 말은 '함께' 라는 말을 포함하고 있어서 내 편이라는 동료 의식 뿐만 아니라 둘이 각자가 아니라 하나의 울타리 안에 있는 것처럼 마음을 편안하고 아늑하게 해 준다.

군중 속의 고독을 느끼는 현대인들이 온갖 종류의 모임을 만들고 그 모임 안에 들어가려고 하는 것이 이해가 되는 대목이다.

이러한 장점에도 불구하고 '우리' 라는 말이 때론 지나친 편협함을 보이기도 한다.

특히 사랑하는 사람들 사이에서는 더 그렇다. 이성 관계를 의심하는 연인 또는 부부 사이라면 변명을 하더라도 '우리 그런 사이 아니야,' 라는 식으로 답변을 해서는 상대방의 화만 키우는 결과를 초래하기 때문에 반드시 삼가야 한다.

또한 어떤 집단은 '우리' 라는 의미를 편협하게 만들어서 다른 사람들에게는 빗장을 걸어 잠그고 그들만의 패거리 집단을 만들기도 한다.

'우리' 라는 말이 아름다움을 유지하려면 개방성이 있어서 한다. 누구든지 차별 없이 우리라는 울타리 안에 들어갈 수 있게 문을 개방해야 그 아름다움이 빛을 발한다. 그렇지 않다면 그 집단은 옹졸함으로 뭉쳐진 패거리에 불과할 뿐이다.

인터넷이라는 가상의 공간에서 카페를 만들어 놓고, 낯선 사람들이 서로에 대해서 조금씩 알아가고, 우리라는 동료의식이 있는 공간에서 서로의 생각을 나누면서 덜 외로워지는 노력들이 조금은 아프게 눈에 밟힌다.

번잡한 도시의 한가운데서 섬처럼 고립되어지는 개인들이 느끼는 싸늘한 고독이 눈에 보이기에 내 눈물 한 자락 모아서라도 그들의 외로움을 녹여줄 한 잔의 따뜻한 차(茶)가 되고 싶은 생각이 이 슬픈 계절에 간절해진다.

없는 시간을 쪼개 쓰는 내 한 줄의 넋두리가 누군가에게는 한 모금의 산소가 되고, 누군가에게는 추운 마음을 녹이는 작은 온기가 될 수 있다면 죽을 때까지 글쓰기를 멈추고 싶지 않다. 새순이 돋을 때까지 맨몸으로 찬바람을 맞아야 하는 겨울나무의 두툼한 외피가 되고 싶다.

15. 일보다 관계가 우선이다

인간은 누구나 관계 속에서 살아간다. 무인도에서 혼자 외롭게 살아
가는 사람을 제외하면 천상천하 유아독존은 없다고 봐야 한다.

사람 사는 세상은 온통 관계로 얽혀 있다.

가깝게는 부모와 자식의 관계, 일가친척간의 관계, 친구관계, 유치
원부터 대학까지 학우들과의 관계, 스승과 제자의 관계, 이웃사촌간의
관계 등등.

성공이 인생의 전부는 당연히 아니지만, 성공한 사람들의 경우를 보
면 대부분 관계를 잘 하는 사람이다.

사회생활에서 성공하려면 일을 잘 이어가는 것도 중요하지만 그보
다 더 중요한 것이 관계를 잘 맺는 것이다.

핵심기술자가 빠져 나가서 문을 닫는 기업, 제품 출시를 앞두고 고
객사와의 관계가 틀어져서 판매부진으로 경영난을 겪는 기업, 학우들
과의 관계가 원만하지 않아서 학교생활에 힘들어 하는 학생, 상사나

동료들과의 관계가 안 좋아서 사표를 던지는 직장인, 부부 사이가 좋은데도 불구하고 시댁이나 처가와의 갈등 때문에 끝내는 이혼을 하는 부부들.

학생의 본분은 당연히 공부를 열심히 하는 것이다. 그러나 이런 학생들도 공부만 잘한다고 학교에서 인정받고 학교생활이 즐거울 수 있을까?

직장인이 자기가 맡은 일만 잘한다고 승진도 잘하고 남보다 높은 연봉을 받을 수 있을까?

1% 정도 소수의 사람들은 그런 경우가 있을 수도 있겠지만, 대부분의 경우는 아니라고 생각한다.

음악을 하는 사람도, 미술을 하는 사람도, 문학을 하는 사람도 혼자서는 대중적으로 성공하기가 힘들다. 관계에 실패한 스타배우나 스타탤런트도 한순간에 대중들의 기억 속에서 잊혀진 사람이 된다.

관계는 나를 위해서뿐만 아니라 남을 위해서도 중요하다. 잘 나가던 집단이 어느 한 사람 때문에 순식간에 해체되는 경우도 종종 있다.

교회나 성당, 절에서도 관계의 불협화음으로 볼썽사나운 모습이 매스컴을 통해 국민들에게 알려지는 것을 우리는 보아왔다.

미꾸라지 한 마리가 물을 흐리게 한다는 말이 있다.

우리는 지금 이 순간 내가 속해 있는 모든 관계 속에서 나 때문에 그

성공이 인생의 전부는 당연히 아니지만,
성공한 사람들의 경우를 보면
대부분 관계를 잘 하는 사람이다.

런 일이 일어나지는 않는지 주위를 돌아볼 필요가 있다.

  혹시나 내가 너무 일에 빠져서 정말 소중한 관계에서 실패하지는 않
았는지,
  이 가을,
  가을비에 지는 낙엽을 밟으며, 생각에의 여행을 떠나는 의미 있는
시간들이 되었으면 한다.

PART II

울엄마 울아빠
행복충전소

1. 해를 품은 뒷동산

집이나 마을의 뒤에 있는 언덕이나 작은 산을 우리는 뒷동산이라고
한다. 1960~70년대의 농촌마을들은 마땅한 놀이터 하나 없었지만 그
어떤 시설물보다도 더 훌륭한 뒷동산이라는 놀이터가 있었다. 마을마
다 있는 작은 언덕배기 뒷동산은 아이들의 꿈을 키우던 곳이었으며,
내 가난을 달래주던 형이었고 누나였고 친구였다.

사계절 내내 그곳은 놀이터였다. 학교 갔다 돌아와서 제일 먼저 달
려간 곳은 당연히 뒷동산이었다. 그곳에 가면 늘 먼저 와서 놀고 있는
친구들이 있었다. 닭싸움과 씨름, 말타기 등의 놀이를 주로 하였는데,
잔디가 알맞게 잘 자란 묘지 주변은 놀다가 넘어져도 무릎이 까질 염
려가 거의 없어서 아이들의 놀이터로는 안성맞춤이었다.

뒷동산은 아이들의 간식창고였다. 이른 봄에는 칡을 캐서 먹었고,
봄에는 여린 억새의 새순인 삐삐기(제천에서는 억새의 새순을 그렇게
불렀다.)를 뽑아서 먹었다.

앵두나 살구가 익기 전인 5월에는 아카시아 꽃을 한아름 따서 배터지게 먹었다. 아카시아 꽃은 밀원식물 중에서도 꿀의 생산량이 높기로 유명한 만큼 아카시아 꽃 속에는 꿀처럼 달콤한 성분이 있어서 유년시절에는 꽤나 맛있게 먹었던 기억이 난다.

여름철의 산버찌와 산살구, 개복숭아도 있었고, 가을철에는 으름열매와 산머루, 산다래, 밤, 보리수열매, 산사과, 깨금 등을 주로 따 먹었었다.

또한 뒷동산은 계절마다 피는 진달래며, 철쭉꽃, 나리꽃, 성냥꽃, 초롱꽃, 할미꽃, 들국화, 제비꽃 외에도 온갖 이름 모를 야생화들이 있어서 화원 그 자체이기도 했었다.

강상숙 작시 정풍송 작곡 조영남 노래
〈옛 생각〉

뒷동산 아지랑이 할미꽃 피면
꽃 댕기 매고 놀던 옛 친구 생각난다.
그 시절 그리워 동산에 올라보면
놀던 바위 외롭고 흰구름만 흘러간다.
모두 다 어디 갔나 모두 다 어디 갔나
나 혼자 여기 서서 지난날을 그리네

나도 이제 나이를 먹어서일까? '옛 생각'이라는 노래만 들으면 하염없이 눈물이 난다.

아침마다 이슬에 반짝이는 말간 해를
품었었던 뒷동산!
이제는 다시 돌아갈 수 없는,
그래서 더 애틋한 유년의 추억이 듬뿍 살아숨쉬는
고향마을의 뒷동산에 올라가서
'옛 생각' 이라는 노래를 목청껏 불러 보고 싶다.

뒷동산에 오르면 마을 정경이 한 눈에 보이고, 마을 사람들의 움직임도 보여서 참 좋았다. 외로울 때는 뒷동산에 올라갔었고, 부모님한테 야단을 맞았을 때나 시험을 망쳐서 성적이 떨어졌을 때도 그곳에 올라가서 실컷 울었다. 뒷동산은 언제나 내 마음의 위로자였다.

그 시절에 나는 뒷동산에 있는 묘지의 잔디 위에 누워서 하늘을 보며 하염없이 상념에 젖기도 했고, 흘러가는 구름 위에 미래의 꿈을 실어보기도 했다.

나무와 풀을 얼기설기 엮어서 어설프게 만든 한 평짜리 움막은 나만의 원룸이자 휴식처였는데, 그곳에서 낮잠을 자다가 여름철에 갑자기 내리는 국지성 소나기를 맞기도 했다.

이렇듯 내 유년의 뒷동산은 나에게 무척이나 다양한 역할을 해주었다. 미래의 꿈을 꾸던 꿈동산이었고, 늘 배가 고팠던 나에게 간식을 제공하던 어머니였다. 신앙이 없던 시절에 어렵고 힘든 일이 생길 때마다 찾아가서 하소연을 하면 다 들어주고 풀어주던 뒷동산은 나에게 신앙 그 자체였다.

그래서인지 지금도 고향을 떠올리면 제일 먼저 생각나는 것이 고향마을의 뒷동산이다.

아침마다 이슬에 반짝이는 말간 해를 품었었던 뒷동산!

이제는 다시 돌아갈 수 없는, 그래서 더 애틋한 유년의 추억이 듬뿍 살아 숨쉬는 고향마을의 뒷동산에 올라가서 '옛 생각' 이라는 노래를 목청껏 불러 보고 싶다.

2. 달걀과 크레파스

촌에서 아무런 사전교육도 받지 못했던 나는 1968년에 초등학교에 입학하였다. 그런데 막상 입학을 하고 보니 아는 게 너무 없어서 공부가 지루하기만 하고 재미없었다. 이름은 물론 한글의 자음과 모음조차도 쓸 줄 모르는 상태에서 입학을 했으니 당연히 성적은 늘 반에서 맨 뒷자리였다.

그런 내가 그 중에서도 제일 싫어하는 시간이 미술시간이었다. 그러나 그 이유는 그림그리기 싫어서 그런 게 아니었다. 미술시간이면 당연히 준비해야 하는 크레파스와 도화지 때문이었다. 초등학교 4학년까지도 어머니는 한 번도 도화지나 크레파스를 사라고 돈을 준적이 없었다. 가난한 살림살이에 학용품을 살 돈이 없어서였을 것이다.

그 시절 우리 집에서는 암탉을 한 마리 기르고 있었는데, 달걀은 대부분 모아 놓았다가 생필품과 교환하였기에 미술시간과 암탉이 알 낳는 시기가 일치되어야 미술준비가 가능했다.

　학교까지의 거리는 걸어서 십리 길이었다. 어린 나이에 십리 길을 달걀 두 개를 들고 조심스럽게 걸어서 학교에 갔는데, 교문 바로 앞에 있는 문방구에 달걀을 주면 5색 크레파스와 도화지 한 장을 살 수 있었다.

　달걀 두 개의 가격은 대략 6원쯤 되었다. 그 당시 5원짜리 크레파스는 5색이었는데, 5색은 흑, 백, 청, 황, 적색으로 얼마나 조잡하게 만들어졌는지 미술 시간에 그림을 다 그리기도 전에 크레파스가 모두 부러지고 색도 모자라서 그림을 완성해 본 적이 한 번도 없었다.

　재수가 없는 날은 문방구까지 걸어가다가 도중에 달걀이 심하게 흔들려서 상하게 된다. 그런 날이면 문방구 주인은 달걀을 흔들어 보고는 불량이라고 받지 않고 그냥 가라고 했었다. 그날 미술시간은 당연히 미술준비가 안된 상태였고, 운이 좋으면 그냥 넘어갔지만 어떤 날

긴 인생길을 가다가 보면
때론 좋은 기억도 있고,
나쁜 기억도 있기 마련이지만
나에게는 두 가지가 다 소중하다.
둘 다 내 인생의 일부분이고
내 개인의 역사이기 때문이다.
내가 소중하니까 추억도 소중한 것이다.

은 선생님에게 손바닥을 맞기도 하였다. 그런 날은 참 서럽게 울었었다. 손바닥이 아파서 운 게 아니라 친구들 보기에 미술준비도 못하는 내 가난이 창피하기도 하고 서러워서 울었었던 것 같다.

그래서 미술시간이 있는 날의 학교 길은 늘 천리 길이었다. 달걀이 상할까봐 신경을 쓰며 걷다 보니 보통은 한 시간 걸리는 학교 길이 30분 이상 더 소요되었다. 그런 기억 때문인지는 확실치 않지만 요즘도 그림 그리는 게 즐겁지가 않고 싫다. 그래도 다행인 건 딸들은 그림그리기를 싫어하지 않는다. 그런 이유 때문에 아이들이 원하면 돈이 없어도 그림물감은 가능하면 좋은 것으로 사 주고 싶었다.

이제는 심리적인 굴레에서 벗어나고 싶고, 기회가 되면 그림공부를 한 번 해보고 싶다. 아직도 달걀을 보면 그 시절의 크레파스가 생각나

이렇게 넋두리를 늘어놓는다. 그렇지만 이제는 그 기억조차 행복이라고 생각하기로 했다. 모든 것은 생각하기 나름이니까.

밝은 색의 크레파스만으로는 도화지에 멋진 그림을 그릴 수가 없다. 밝은 색과 어두운 색이 조화를 이루어야 좋은 그림이 될 수 있다고 생각한다.

긴(?) 인생길을 가다가 보면 때론 좋은 기억도 있고, 나쁜 기억도 있기 마련이지만 나에게는 두 가지가 다 소중하다.

둘 다 내 인생의 일부분이고 내 개인의 역사이기 때문이다.

내가 소중하니까 추억도 소중한 것이다.

3. 송아지를 팔아서 산 금성
트랜지스터 라디오

1970년으로 기억된다. 어느 날 아버지가 읍내에 가셔서 송아지 한 마리를 팔아서 현재 LG전자의 전신인 금성사에서 만들었던 Gold Star 브랜드의 트랜지스타 라디오를 한 대 사오셨다. 집에서는 난리가 났었다.

좋아서 난리가 난 것이 아니다. 가난한 살림살이에도 불구하고 읍내에서 술 한 잔 걸치고는 술김에 송아지 팔아서 그 돈으로 그 비싼 라디오를 사왔으니 한바탕 시끄러운 것은 어쩌면 당연한 일이었는지 모른다.

정확한 가격은 기억이 나지 않지만 그 라디오는 대략 만 원 정도 했었던 것 같다.
그 당시 하급공무원 월급이 몇 천원이던 시절이었으니까 우리집 형편에 엄청난 일을 아버지가 저지른 셈이었다.

외형은 지금 봐도 그렇게 구닥다리가 아닐 정도로 괜찮았는데 부품은 죄다 일제를 수입하고 한국에서는 조립만 해서 만든 라디오였다.

그런 라디오였으니 성능은 당연히(?) 좋았을 수밖에 없었다.

고 박춘석 선생님이 작곡하고 국민가수 이미자씨가 불러서 대히트를 친 '섬마을 선생님' 이나 1969년 경주 감포출신의 향토작곡가 정귀문선생님이 작곡하고 조미미씨가 불러서 히트를 한 '바다가 육지라면' 같은 노래들을 들었던 기억이 난다.

제일 좋았던 것은 어린이를 위한 방송시간대인 오후 5시대에 했었던 소년라디오극장 '정글북' 이었다.

밖에서 놀다가도 5시 30~40분으로 기억되는 그 시간만 되면 정글북을 듣기 위해 무작정 집으로 달려갔었던 기억이 난다.

'…… 모글리란 귀여운 소년 용감한 소년, 호랑이 싸우는 모글 모글리.' 라는 테마송을 들으면 얼마나 가슴이 뛰었는지 모른다.

건전지 값이 비싸다고 아버지가 라디오 듣는 것도 제한했던 터라서 많은 시간을 라디오와 함께 하지는 못했지만 어린이들을 대상으로 하는 연속극 시간만큼은 꼭 청취를 했었다.

나에게 그 시절의 라디오는 나와 외부세계를 연결하는 유일한 통로였다.

가끔씩 깊은 밤에 잠도 안자고 아버지 몰래 라디오를 켜고 채널을

돌리다 보면 '뚜~ 두 뚜~ 두' 무전기 소리도 잡히고, 포항에 사는 이쁜 이가 서울 사는 철수에게 보냅니다 '1, 7, 13 ……' 등 난수표 읽는 소리도 들리곤 했었다.

어린 시절에 무한한 상상력을 심어주고 많은 것을 꿈꾸게 해준 라디오가 있어서 나는 행복했었다.

동화책이나 위인전 등의 책을 접하지 못했던 빈한한 농촌에서 라디오를 통해서나마 부족한 부분을 채울 수 있었던 것은 24년 전에 돌아가신 아버지의 술을 빙자한 무모한 행동 덕분이었다.

국민학교 문턱에도 못 가봤지만 혼자서 한글을 깨우쳐서 글을 쓸 줄

알았으며, 곱셈 뺄셈도 동생들에게서 어깨너머로 배워서 쓰셨고, 건축 기술을 배우지도 않았는데 혼자서 집도 지으셨던 아버지, 24년전 늦은 가을에 미혼인 자식들을 남기고 50대의 젊은 나이에 돌아가신 아버지 가 사무치게 그리워진다.

오늘따라 라디오에서 들려오는 이용의 '잊혀진 계절' 이란 노래가 더 아프게 내 가슴을 울린다.

4. 누룽지와 숭늉으로 견딘
어머니의 시집살이

3~4대가 한 집에서 살던 시절에 우리네 어머니들은 대부분 혹독한 시집살이를 했다.

양식이 부족한 시절이었기에 가마솥에 밥을 하면 위에서부터 차례로 할아버지, 할머니와 아버지, 자식들의 밥을 다 푼 다음에 가마솥에 눌러 붙어있는 노랗다 못해서 거뭇거뭇하기까지 한 누룽지를 박박 긁어서 어머니들은 밥 대신 먹었다.

그렇게 밥찌꺼기(?)만 먹으며 힘겨운 시집살이를 하셨는데, 아이러니하게도 그 밥찌꺼기 누룽지와 숭늉이 자식을 주렁주렁 낳고 호된 시집살이까지 한 우리네 어머니들의 목숨을 살렸다.

하얀 쌀밥은 밥맛은 좋지만 미네랄이나 필수비타민이 부족하다.

오늘날에야 여성들이 부족한 비타민이나 미네랄을 약국에서 사다가 먹으면 되지만, 예전에는 그런 영양보충제를 사 먹는다는 것은 상상도

못하던 시절이었다.

결국 우리네 어머니들이 출산과 고된 집안일, 들일을 하면서도 쓰러지지 않고 견딜 수 있게 해 준 것은 흰 쌀밥이 아니라 보약과 같은 누룽지와 숭늉이었다.

허준의 동의보감에는 '누룽지(취건반:炊乾飯)'에 대해 다음과 같이 씌어 있다.

"음식이 목구멍으로 잘 넘어가지 못하거나 넘어가도 위까지 내려가지 못하고 토해 오랫동안 음식을 먹지 못하는 병인 열격은 누룽지로 치료한다. 여러 해가 된 누룽지를 강물에 달여서 아무 때나 마신다."

쌀 눈덩어리가 뭉쳐있는 누룽지는 필수아미노산 함량이 높다.

특히 쌀눈에는 자라는 어린이에게 좋은 라이신이 밀가루보다 2배나 많다.

이 땅의 산하를 살찌우고
대한민국을 이 만큼 있게 만든 장한 대한의 딸
70~90세 할머님들 참 고생 많으셨습니다.
여러분들이 온 몸으로 이 땅을 지키고
자손을 순풍순풍 생산해주셨기에
오늘의 대한민국이 있는 것입니다.

식품영양학 측면에서 부서진 쌀눈덩어리가 모여 있는 누룽지는 상당히 우수한 식품이라고 한다.

쌀을 물에 씻어서 가마솥에 얹으면 밥물이 끓고 밥이 되어가는 동안 각종 미네랄 덩어리들이 가마솥의 맨 밑바닥에 가라앉아서(옛날에는 물레방앗간 등에서 도정을 해서 싸라기들이 많이 나왔었다) 누룽지가 된 영양덩어리들이 찬밥신세인 우리네 어머니들의 차지가 되었기에 역설적으로 그네들이 살아남았지 않았나 생각된다.

60~70년대만 해도 우리네 어머니들은 보통 자식을 5~7명은 낳았었다. 그 중에서 1~2명은 각종 질병으로 사망하고 남은 자식들은 장성해서 어른이 되었다.
그 세대가 산업화시대의 역군 50~60대 중년들이다.

물론 우리네 어머니들 중에서는 그 맛난(?) 흰 쌀밥 한 번 제대로 못 먹어보고 세상을 떠난 안타까운 분들도 계신다.

이 땅의 산하를 살찌우고 대한민국을 이만큼 있게 만든 장한 대한의 딸 70~90세 할머님들 참 고생 많으셨습니다.
여러분들이 온 몸으로 이 땅을 지키고 자손을 순풍순풍 생산해주셨기에 오늘의 대한민국이 있는 것입니다.
그 어머니들의 건강을 지켜준 고마운
누룽지와 숭늉이여!
너희들에게도 참으로 고맙다는 말을 전하고 싶구나.

5. 겨울밤의 행복 군고구마와 동치미

TV도 없던 시절, 잠만 자기에는 너무도 긴 겨울밤에 할머니가 들려주시는 옛날얘기에 시간 가는 줄 모르다가 배가 출출할 때쯤이면 화로 안에서 맛나게 익은 고구마를 꺼내서 얼음이 동동 뜨는 동치미국물과 함께 먹으면 그 맛은 정말 눈물이 날 정도로 행복하다.

따스한 사랑방 아랫목의 화롯가에 둘러앉아서 할머니가 들려주시던 옛날이야기는 또 왜 그렇게 재미가 있었는지 매일 할머니한테 이야기를 해달라고 졸랐던 기억이 난다.

40년도 더 지난 지금은 겨우 생쥐이야기 밖에 생각나는 게 없지만 그 시절은 할머니 때문에 겨울밤이 더 행복했었던 것 같다.

고구마는 60℃에 구워야 제일 맛있다. 고구마의 주성분은 탄수화물이지만 식이섬유와 칼륨 함량이 높고, 채소에 버금가는 양의 비타민C를 함유하고 있다.

고구마에는 전분을 맥아당으로 바꾸는 당화효소인 아밀라제가 많이 함유되어 있는데, 이 효소는 60℃일 때 분해가 가장 활성화된다. 따라서 찐 고구마보다 화로나 흙속에서 간접적으로 열을 받아서 은근하게 익은 군고구마가 가장 달고 맛있게 느껴진다.

장내에서 소화되지 않은 전분 찌꺼기는 장내세균의 먹이가 되어서 장내가스를 발생시키는데 고구마를 먹으면 방귀가 잦은 것도 이 때문이다.

그런데 이런 장내가스 발생을 막아주는 역할을 하는 것이 김치나 요구르트 등의 유산균이 함유된 식품인데 겨울철에는 동치미가 제격이다. 동치미는 유산균뿐만 아니라 무에서 우러나온 디아스타제가 소화를 도와서 고구마를 맛있고 편하게 먹을 수 있게 해 준다.

따라서 군고구마와 동치미의 음식궁합은 가히 환상적이라고 할 수 있다.

옛날에는 고구마를 대체식품으로 많이 재배했었다. 추위에 약한 고구마를 얼지 않게 보관하기 위해서 옛날에는 사람이 자는 방의 윗목에 커다란 고구마 보관우리를 만들어서 겨울 내내 저장해 두고 먹었었다.

전분이 적은 연한색의 고구마는 주로 깎아서 먹었고, 색이 짙고 전분이 많은 고구마는 찌거나 구워서 먹었다.

1763년 조엄이 조선통신사 정사가 되어 대마도에 상륙해 처음 본 후에 고구마 한 말을 사서 부산진으로 보낸 것이 우리나라에 고구마가 들어 온 유래라고 한다.

고구마는 생으로 먹을 수도 있고, 구워서 먹을 수도, 삶아서 먹을 수도 있을 뿐 아니라 떡을 만들어 먹을 수도 있고 밥에 섞어서 먹을 수도 있다.

또한 고구마는 생육기간이 짧고 척박한 땅에서도 잘 자라는 구황작물이어서 백성들이 흉년을 견디기에 좋은 대체작물이다. 이런 사실을 알아낸 조엄이 고구마의 재배와 보관에 관한 연구를 거듭해서 성공한 결과 조선팔도에 고구마가 본격적으로 보급되었던 것이다.

몇 년 전에 비타민이라는 TV프로그램에서 고구마가 변비에도 좋고 혈압저하 작용과 항암작용에 탁월하다고 소개된 후에 가격이 폭등을 해서 이제는 그냥 고구마가 아니라 금고구마라고 불러야 할 정도로 가격이 만만치가 않다.

80kg 한가마니에 대략 20~30만원은 하는 관계로 쌀값과 거의 비슷하게 나간다.

어릴 때는 그저 겨울철 간식거리로 먹었었던 고구마가 우리 인간에서 그토록 좋은 식품일 줄은 정말 몰랐었다. 그런 좋은 식품을 먹었기 때문에 배를 곯는 가난을 버티고 이렇게 버젓이 살아서 일가를 이루고 있는 게 아닐까 생각되어진다.

할머니의 구수한 옛날 이야기와 화롯가에서 먹던 군고구마에 동치미가 오늘따라 가슴이 먹먹해지게 그리워진다.

6. 책보와 책가방

책보는 원래 옥책(玉冊)과 금보(金寶)를 이르는 말이었으나, 개화기 이후에 학생들이 책을 싸가지고 다닐 수 있게 만든 네모진 작은 천을 책보라고 하였다.

1960년대에 경제개발계획을 세우고 외국자본을 들여와 공장을 짓기 시작하면서 가방도 공장에서 대량 생산하게 되었는데, 이때부터 많은 초등학생들이 책가방을 들고 등교를 하기 시작했다. 그렇지만 농어촌 지역에서는 여전히 가방이 아닌 책보를 들고 학교를 갔으며, 대부분은 중학교에 가서야 책가방을 가지고 다녔다.

나도 초등학교 6년 내내 책보에 책을 넣어 어깨에 둘러메고 학교를 다녔다. 그 당시에 학교 옆에 시멘트 공장이 세워졌는데 이 공장에서 일하는 근로자를 아버지로 둔 아이들은 유치원도 다녔었고, 초등학교 1학년 때부터 책가방을 들고 등교를 했다.

당시 충북시멘트라는 이름의 이 회사는 근로자를 위한 사택도 지었다. 이 사택에 사는 아이들은 부유한 아이들로 친구들의 부러움을 샀

는데 도시락반찬으로 계란말이와 장조림, 어묵볶음, 김 등을 싸가지고
와서 먹었다.

농촌에서 부모가 소작을 하던 아이들의 반찬은 고추장이나 신김치
가 대부분이었다. 그런데 문제는 바로 이 김치에 있었다. 다 아시다시
피 김치는 국물이 있는 반찬인데, 그것을 도시락에 담아서 얌전히 손
으로 들고 등교를 하면 문제될 게 없지만 대부분은 책보에 책과 함께
싸서 어깨에 둘러매고 다녔기 때문에 국물이 줄줄 흘러서 책도 버리고
책보를 맨 등 부분의 옷도 김치 국물로 얼룩졌으며, 냄새도 장난이 아
니었다.

그래서인지 책가방을 들고 다니고, 좋은 반찬에 좋은 옷을 입고 다
니는 아이들에게 농사꾼의 아이들은 늘 기가 죽어있었다. 싸움을 하기
도 전에 심리적으로 위축이 되어있어서 불쌍한 시골아이들은 그네들
의 눈치를 살피며 학교를 다녔다.

배급으로 나누어 주던 옥수수 빵은 늘 양이 부족해서 4명당 한 개씩
나누어 주었던 기억이 난다. 도시락도 제대로 못 싸와서 굶는 일부 아
이들은 부자아이들이 받은 1/4의 빵조각을 얻어먹기 위해 그들의 온갖
시중을 들기도 했으며, 심지어 어떤 아이들은 자청해서 매를 몇 대 맞
고 빵조각을 얻어먹기도 했다.

유치원에서 선행학습을 한 사택아이들은 3~4학년까지도 늘 상위권
성적에다 반장을 도맡아서 했다. 그렇지만 5~6학년부터는 서서히 학

교공부에 적응을 한 농사꾼의 아이들이 전교 수석도 하고 반장을 하기도 하였다. 그렇게 계층 간의 빈부격차가 분명히 존재하였지만 그래도 그 당시에는 오늘날과 같은 무자비한 학교폭력과 왕따 문제는 없었던 것으로 기억한다.

어린 나이에 검정고무신을 신고 책가방을 둘러멘 상태로 십리 길을 걸어 다니는 게 쉽지는 않았다. 맨발에 검정고무신을 오래 신으면 발 뒤꿈치가 까지기 일쑤였다. 특히 새로 산 고무신일 경우에는 더 그랬다. 그래서인지 시골아이들은 가끔 학교를 가다가 중간에 산이나 들로 새는 경우가 있었다. 그 당시 우리동네 말로는 그것을 '뺑생이 친다.'고 표현하였다. 아무튼 학교에 가다가 중간에 딴 짓을 하고 결석하는 시골아이들 때문에 선생님들도 종종 골치가 아프셨던 게 이 시절의 모습이다.

순둥이였던 나도 초등학교 2학년 때 친구를 따라 무단결석을 하고 중간에 놀다가 학교에 갔다 온 것처럼 시치미를 뚝 떼고 집에 들어가서는 부모님께 들킬까봐 간을 졸였던 적이 있다.

시골아이들은 먹을 것이 지천으로 깔리는 가을에 특히 중간치기 무단결석을 많이 하였다. 이산 저산에서 열매들이 풍성히 결실을 맺는 계절인 가을이 배고픈 어린 아이들을 유혹하면, 아이들은 학교 대신 산을 택하곤 하였다. 또한 늦가을에는 묘제가 많아서 이산 저산 제사 지내는 곳을 찾아가면 가난해서 먹을 수 없었던 사탕이나 과자, 과일, 떡 등을 배불리 얻어먹을 수 있었다. 배를 곯는 게 일상이었던 아이들에게 학교가 뒷전인 게 어쩌면 당연한 일이었는지 모른다.

겨우 열 살 남짓한 배고픈 아이들에게 먹는 거 이상 소중한 게 뭐가 있었겠는가?

하루 세 끼 밥이나 라면이라도 먹을 수 있는 요즘 아이들이야 이해가 안 되겠지만, 그 당시에는 배를 채우는 것 자체가 소망이고 행복이었던 시절이라서 산이 아이들을 더 행복하게 해 주었었다.

요즘 아이들은 유명브랜드가 아니면 가방을 쳐다보지도 않는다. 또 브랜드가방이 아니면 학교에서 왕따 당하기 십상이라고 한다. 그저 가방이라는 것만으로도 기쁘고 행복했던 그 시절이 그립다.

책보 대신 가방을 들고, 검정고무신 대신 운동화를 신었던 중학교시절이 새삼 많이 생각나는 이유도 운동화와 가방이 처음으로 내 것이었던 시절이기 때문일 것이다.

확실히 물질적인 풍족함과 행복은 일치하지 않는 것 같다.

차고 넘치게 가진 요즘 아이들이나 어른들이 배곯던 시절보다 덜 행복한 것에서도 행복의 근원이 무엇인지 많은 생각을 하게 한다.

여러분!

행복의 나라는 어디에 있나요?

7. 백성들의 고된 삶과 함께했던
농주 막걸리

막걸리의 기원은 삼국시대 이전이라고 하는데, 당나라의 문헌에 고구려술과 신라술이 심심찮게 등장하는 걸로 봐서 이때에는 이미 막걸리가 국제적인 명성을 얻고 있었다고 봐야 한다.

우리나라의 문헌에 본격적으로 막걸리가 등장한 것은 고려시대다. 이규보나 이곡이 쓴 저서에 막걸리에 대한 정확한 기록이 등장한다.

예전에 농가에서 개별적으로 누룩과 곡물을 사용해 제조한 술을 농주라고 하였다. 조선시대에 양반들은 소주와 쌀막걸리를 주로 만들어 먹었으며, 일반 백성들은 조선 중기 이후에 전분이 많은 밀과 옥수수 등 잡곡을 이용한 막걸리를 제조하여 먹기 시작하였는데, 이때부터 막걸리는 서민(백성)의 술로 자리하기 시작했다. 지역마다 그 지역에서 주로 생산되는 곡물을 이용해 만들어서인지 조선의 막걸리 맛은 수백 가지나 되었다고 한다.

그러다가 일본제국주의 강점기인 1917년에 일본이 우리의 전통술을 말살하기 위해 자가 양조를 전면 금지시키면서 막걸리는 한동안 서민들에게서 멀어졌으나 해방 이후에 부활하였고, 쌀막걸리는 쌀의 자급이 가능했던 1990년에 이르러서야 본격적으로 다시 제조되기 시작했다.

쌀막걸리는 그 맛이 밀막걸리보다 훨씬 좋지만 우리 서민들과 오랜 시간 같이한 농주인 막걸리는 사실상 밀과 잡곡으로 빚은 막걸리였다. 쌀이 귀하던 조선시대에 쌀막걸리를 만든다는 것은 부유한 지주들이 아니면 불가능했기에 쌀막걸리를 백성들이 즐겨먹던 술이라고 보기에는 다소 무리가 있다는 게 필자의 생각이다.

막걸리는 대포, 모주, 젓내기술, 탁배기, 탁주 등 여러 가지 이름으로 불리어지고 있다.

그래서 친구와 막걸리 한 잔 하자는 말을 우리 어르신들은 '이보게 친구 오늘 대포 한 잔 할까?' 또는 '이보게 친구 우리 탁배기 한 잔 하지?'라고 한다.

막걸리는 받아내는 방법에 따라 크게 세 가지로 분류한다. 윗부분의 맑은 술을 떠낸 것은 청주라 하고, 밥풀이 약간 동동 떠 있는 것은 동동주, 누룩으로 발효시킨 술 전체를 체에 받쳐 걸러낸 걸쭉한 것은 막걸리라고 한다.

한국의 막걸리는 이 복합누룩균을 사용하기 때문에 그 효능에서 일본의 사케를 능가하는 것이 당연하다. 발효술인 막걸리 한 병에 들어있는 유산균은 야쿠르트 100병의 유산균과 동일하며, 한국식품연구소의 발표에 의하면 항암효과가 있는 파네졸이라는 성분이 와인이나 맥주 보다 10~25배 많다.

또한 막걸리는 비만 예방과 염증 억제효과가 있으며, 식이섬유와 비타민B, 비타민C, 활성효소가 있으며, 변비 예방, 심혈관질환 예방에도 효과가 있다고 한다.

농촌에서 농사지을 때 부르던 농요는 대부분 막걸리를 한 잔 걸친 후에 일꾼 중에서 목청이 제일 좋은 사람이 선창을 하면 나머지 사람들이 따라 부르는 형식이다. 특히 모내기철에 하루 종일 모심기를 하다보면 허리가 끊어질 것처럼 아픈데, 이때 고통을 잊기 위해 필요한 것이 막걸리 한 잔과 농요 한 곡이다.

그 고된 삶을 살아내기 위해 백성들이 부르던 농요였기에 가락이 구성지다 못해 너무 슬프다.

1960년대까지만 해도 죽어라고 벼농사를 지어봤자 수확의 60%를 지주에게 바치고 나면 남는 게 별로 없어서 죽으로 연명을 해야 했던 소작인들의 고달픈 삶을 달래주던 술인 막걸리는 우리네 농투성이들에게 없어서는 안 될 술이었고 신앙이었다.

식민지 시대에 이어 군사 정부에 의해 밀주 금지령이 내려지면서 농촌에서는 막걸리를 몰래 제조하다가 밀주 단속에 걸려 경찰서에 불려가고 벌금까지 물어야 했던 막걸리 수난의 시절이 있었다.

집집마다 시어머니에게서 며느리로 이어지던 막걸리 제조 방법도 이제는 맥이 끊어져서 농촌에서조차도 직접 막걸리를 빚어서 먹는 집이 없다.

국민들에게 알려진 전국적으로 유명한 막걸리는 포천 이동 막걸리와 부산 금정산성 막걸리다. 그렇지만 오랜 전통을 자랑하는 막걸리는 따로 있다. 우리나라에는 오래된 막걸리 명가가 2곳 있는데 진천의 덕산 막걸리와 현존하는 최고의 막걸리 양조장인 양평의 지평주조가 그 것이다.

지평주조는 1925년에 지어진 양조장으로 87년의 역사를 자랑한다. 막걸리 맛을 결정하는 3가지 요소는 재료와 기술, 그리고 물이다. 막걸리 제조에 쓰는 물 역시 한방에서 약재를 달일 때만큼 중요하다고 한다. 그래서 이 양조장은 87년 된 우물과 건물을 아직도 그대로 사용한다.

한국과 일본의 전통술은 균을 사용하는 방법이 다르다. 일본의 사케는 단일 균주를 사용해 만들고, 한국의 막걸리는 130가지의 복합균주를 사용한다. 그래서 일본 술은 한 가지 맛이 나는 깔끔한 술이라는 평이고, 한국 술은 복잡해서 오묘한 맛이 나는 술이라는 평이다.

막걸리는 질그릇이나 양푼에 마셔야 제격인데, 흔들어 마셔야 영양분이 많은 부유물이 움직이기 때문에 술잔에 따르기 전에 반드시 잘 흔들어주어야 한다. 막걸리가 아무리 몸에 좋은 술이라고 하더라도 술은 어디까지나 술이다. 따라서 막걸리도 적당히 마셔야 하는데, 하루에 두 잔 400㎖ 정도가 좋다고 한다.

국민여러분!

위스키나 와인, 사케 대신 우리 몸에 좋은 술인 막걸리를 많이많이 이용해 주세요.

8. 그리움을 싣고 달리던 기차가 멈추는 그곳 고향 역

자동차 보유대수가 1,000만대를 넘어선 요즘이지만 아직도 명절이 되면 기차를 타고 고향을 찾는 사람들이 많이 있다.

나도 기차를 타고 고향 역으로 달려가고 싶은 생각에 기차표를 알아보았지만 예매가 쉽지 않아 포기하곤 했다.

코스모스가 한들한들 피어 있는 역으로 기차가 들어서면 한꺼번에 밀려오는 그리움의 덩어리들로 눈물이 핑 돌 때가 많았다.

고향 역은 내게 어머니 같은 존재였다.

가난한 살림으로 한 방에서 옹기종기 살 부비며 뒹굴었던 형제들,

무명 팬티도 벗어버리고 알몸으로 강물에 첨벙 뛰어들어서 잠수도 하고, 개헤엄으로 강을 건너던 동무들,

배가 고파서 머루며 다래를 따 먹으려고 온 산을 헤매던 친구들,

그 모든 기억들이 살아 숨 쉬는 곳이기에 아직도 고향은 내 마음 깊숙한 곳에 자리하고 있다.

젊은 날에 객지생활을 하다가 고향을 찾을 때 가장 애용하는 교통수단은 늘 기차였다. 통일호 열차는 비싸서 탈 생각을 못했었고

비둘기호 완행열차의 좌석표도 구하지 못한 채 기차를 탔다. 중앙선 완행열차는 늘 만원이어서 몸은 짐짝처럼 이리저리 밀려다니고, 선 채로 음료수와 김밥을 먹었다. 그런 힘든 상황에서도 어서어서 고향에 가서 그리운 내 어머니, 아버지와 형제들, 동무들을 만난다는 생각으로 나는 들떠있었다. 그래서 5~6시간을 기차에서 시달리면서도 즐거운 마음으로 고향 역으로 달려갔었던 기억이 생생하게 떠오른다.

그 기억 때문인지는 몰라도 노래방에 가면 내가 제일 많이 부르는 노래가 나훈아의 '고향 역' 이다.

"코스모스 피어있는 정든 고향~역…… 그리운 나의 고향~ 역."

오늘도 기차는 고향 역에 수많은 그리움을 토해놓고, 목적지를 향해 달려가고 있는데 게으름이 혹처럼 주렁주렁 달려서 운전대를 잡지 못하면 고향 갈 생각을 못하는 나와 내 가족들.

문명의 이기에 익숙해진 나약한 모습에 고향은 점점 내면 깊숙이 가라 앉아 실핏줄 터진 선홍색 핏자국으로나 기억으로 되살아나 내 몸속 십이만 킬로미터의 피돌기를 시작한다.

삼십년을 변함없이 고향 역을 지킨 훈장을 이마에 다닥다닥 달고

세월에 농익은 웃음을 헤프게 나누어 주는 키 작아서 더 정겨운

역장 아저씨 감사합니다!

9. 통일벼와 쌀밥 이야기

5·16군사쿠데타로 집권한 박 전대통령이 공업단지 조성에 의한 산업화와 함께 가장 역점을 둔 것이 바로 식량의 자급자족 문제였다.

미국의 원조식량을 받고도 오늘의 북한처럼 식량이 절대적으로 부족한 시기여서 농촌 새마을운동과 더불어 가장 역점을 둔 사업이 쌀의 품종개량이었고, 이것은 식량문제를 획기적으로 개선하려는 노력의 일환이었다.

통일벼 품종이 나오기 전까지 식량문제로 인해서 학교에서는 일일이 아이들의 도시락을 검사하여, 순백의 쌀밥만으로 도시락을 준비하면 벌을 서기까지 하였다.

춘궁기 때면 풀뿌리, 나무껍질까지 먹으며 버티어야했던 시절이어서 학교에서는 혼분식을 장려하여 순(100%)쌀밥 도시락을 단속하였고, 집집마다 밀주를 대대적으로 단속하였었다.

이 당시만 해도 남한의 GDP는 북한에 뒤지는 상황이어서 북한은 삐라를 뿌릴 때면 자주 남북한의 경제력을 비교하는 내용을 인쇄하여 남쪽으로 날려 보냈었다.

인구의 80% 이상이 농촌에 거주하던 이 시기에는 땅 부자인 지주들을 제외한 일반 국민들은 명절이나 조상의 제삿날 등 특별한 날에나 겨우 쌀밥을 구경할 수 있었다.

그래서 김일성이 남으로 보낸 삐라에는 북으로 넘어오면 이팝(쌀밥)에 고깃국을 먹게 해주겠다는 내용도 있었다.

이때까지 최고의 미질을 자랑하던 일본 품종 아끼바리의 최대 약점은 바로 단보당 수확량이 너무 적다는 것이었다.

그래서 정부에서 개발한 것이 키가 작아서 잘 쓰러지지 않고 단보당 생산량이 300kg을 돌파한 '통일벼' 라는 품종이다.

미질보다는 생산량이 중요했던 정부에서는 거의 반강제적으로 통일벼를 심게 하였고, 그 결과 통일벼는 급속도로 보급되었다.

요즘은 인구가 늘어나고 벼를 재배하는 면적이 축소되었는데도 불구하고 매년 쌀이 남아돌아 걱정인데, 품종개량이 획기적으로 이루어져서 미질도 예전의 아끼바리 품종보다 훨씬 좋고 단보당 생산량은 600kg을 상회하는 품종이 개발된 것이 주요 원인 중의 하나일 것이다.

아무튼 그 때에는 미질이 형편없이 떨어지는 이 통일벼 품종의 급속한 보급 덕분에 하루 세끼 쌀밥을 먹을 수 있게 되었다.

1970년대 초까지만 해도 문명화가 안 된 시골에서는 지주에게 소작물의 50~60% 바쳐야 했으니 소작농은 사실상 중세의 농노나 다름이 없었다.

비싼 소작료를 받치면서도 지주들의 허드렛일까지 무료로 해주던 소작인들은 일본제국주의의 손아귀에서 벗어난 해방의 기쁨도 누릴 수 없었다.

소작인들은 일제치하나 해방된 조국이나 사는 게 별로 다를 게 없었다. 단지 지배계급이 일본인에서 한국인으로 달라졌을 뿐 행방된 조국에서도 그들은 여전히 사실상의 농노신분이었다.

소작인들의 식량은 늘 부족했지만, 유교문화의 영향으로 제사는 많아서 춘궁기 때는 제사용 장리쌀을 얻어야 했고, 그렇게 봄철에 한 말 얻은 장리쌀은 가을철에 두 말로 갚아야 했다.

오늘날의 대부업체나 다름없는 행동을 한 것이 그 당시의 지주들이었다.

다수확 품종인 이 통일벼가 자작농인 지주들에게는 고역이요 저주의 품종이었지만 소작농에게는 그야말로 구세주나 다름없었다.

소작농들은 미질이 떨어지든 말든 수확량이 획기적으로 늘어났으니 수확량의 50~60%를 지주에게 받치고도 남는 식량으로 인해 봄철에 장리쌀을 구하는 일이 거의 사라졌다.

지주들은 소작인들에게 미질이 떨어지는 통일벼를 재배하지 못하게 했지만, 정부의 강력한 지도단속에 힘입어서 통일벼의 재배는 늘어갔고, 늘 부족하던 양식에 여유가 생기기 시작했다.

더 이상 장리쌀에 의존하지 않게 된 소작인이 허리띠 졸라매고 모은 돈으로 논을 사들이면서 자작농으로 하나 둘 변하기 시작했다.

이에 따라서 농촌을 지배하던 지주들의 힘은 상대적으로 약화되어 갔고 소작료 또한 점차 낮아지기 시작했다.

게다가 도시 인근에까지 공장이 들어서면서 소작인들이 소작을 포기하고 취직을 하게 되자 1970년대 말에는 소작료가 수확량의 30~40%로 낮아지게 되었고, 1980년대에는 20~30%로 더욱 낮아졌다.

대한민국이 일제치하에서 벗어나서 해방을 맞이한 건 1945년이지만, 이 땅의 가난한 소작인들이 사실상의 농노신분에서 해방의 기쁨을 누린 것은 이 땅에 산업화가 본격적으로 이루어져 농촌에까지 공장이 들어서기 시작한 1970년대 후반이라고 할 수 있다.

이제 품종개량으로 통일벼는 자취를 감춰 역사 속에서나 존재한다. 그러나 가난한 국민들에게 쌀밥이라는 것을 특별한 날이 아닌 평소에도 먹을 수 있게 해준 통일벼에 대한 기억은 영원히 잊지 못할 것이다.

10. 명절과 빈 지갑

어린 시절의 나는 명절만을 손꼽아 기다렸었는데, 나이가 들고 가정을 꾸리면서 삶의 현실과 부딪히게 되니까 명절은 어느새 제일 부담스러운 날이 되어 버렸다.

울엄마 울아빠 행복충전소

1970년대 이전의 세대들은 대부분 늘 꾀죄죄한 옷과 변변치 못한 식탁으로 가난을 온몸에 주렁주렁 달고 다니다가도 명절 때가 되면 새로 산 옷을 입고 쌀밥에 고기반찬을 먹을 수 있어서 이 날만을 손꼽아 기다렸었는데, 세월이 흘러 반백의 나이가 된 지금은 명절이 부담스럽고 겁도 난다.

바꾸어 생각하면 명절 때만이라도 자식들에게 깨끗한 옷 한 벌, 신발 한 켤레를 마련해주고, 쌀밥에 고깃국을 먹이기 위해 가난한 살림의 우리 어머니, 아버지가 얼마나 노심초사 했을지 이해가 된다. 그런 까닭에 명절만 되면 새삼 돌아가신 부모님께 죄송스러운 생각이 든다.

그땐 어쩌다가 명절에 새 옷(때때옷)을 못 얻어 입을 때는 얼마나 많이 떼를 쓰고 울었는지 아직도 조금은 기억이 난다.
그 철없던 내 행동에 부모님은 또 얼마나 속상하셨을까? 생각하니 눈물이 난다. 가난한 살림에 지금의 내가 느끼는 부담감의 수십 배는 더 부담스러우셨을 것이라는 걸 이제야 미루어 짐작할 수 있는 내가 한심스럽기까지 하다.

물가가 천정부지로 치솟고, 쥐꼬리만 한 수입에 한숨만 절로 나오는 서민들의 입장에선 요즘도 명절나기가 어렵기는 마찬가지인 것 같다.
작년보다도 실수입이 줄어들어서 더 허리띠를 졸라매야 하는 저소득층은 명절이 차라리 없었으면 하는 생각을 할 것 같다.

도움을 받는 사람보다는 도움을 줄 수 있는 사람이
더 행복하다는 것은 다들 알고 있다.
그러면서도 나눔을 실천하는 것에는
우리나라 사람들이 참 많이 옹색한 것 같다.
자본주의의 발달로 생산물이 풍부해졌지만
풍요속의 빈곤은 상대적 박탈감을
한껏 키워 놓았다.

이제는 나 혼자만의 명절을 생각할 게 아니라, 내 이웃에 명절이 한
스러운 사람들이 없는지 살펴보고 그들에 대한 나눔을 생각해야 한다.
아무리 자본주의 사회가 잘살고 못사는 게 각자의 영역이라지만, 내
이웃이 불행한데도 나만 잘살면 된다는 이기심은 결국에는 자신에게
도 좋지 않은 영향을 미칠 것이다.

사회가 안정이 되고 민심이 좋아야 살맛이 나는 것이지, 불행한 사
람들이 많고 그 결과 사회가 불안해지고 민심이 흉흉해지면 자신이 아
무리 부자인들 맘 놓고 살 수 있겠는가?

도움을 받는 사람보다는 도움을 줄 수 있는 사람이 더 행복하다는
것은 다들 알고 있다. 그러면서도 나눔을 실천하는 것에는 우리나라

사람들이 참 많이 옹색한 것 같다. 자본주의의 발달로 생산물이 풍부해졌지만 풍요속의 빈곤은 상대적 박탈감을 한껏 키워 놓았다.

이제는 우리 이웃에게도 조금씩 관심을 가지고, 그들의 형편을 헤아리는 아름다운 여유가 필요하지 않을까?
이웃과의 나눔으로 내가 행복하고 그들이 행복해질 수 있도록 움켜 쥔 손을 조금만 놓고 살아갔으면 하는 바람을 가져본다.

11. 천렵과 민물매운탕

매운탕은 뭐니뭐니 해도 민물매운탕이 제일 맛있다. 그런데 이 민물매운탕은 김치만큼이나 맛과 요리방법이 다양하다. 사람들은 민물매운탕을 끓일 때 자기 고장에서 나는 재료를 주로 쓰기 때문에 그 지역

에서 나는 채소류나 장맛, 물맛이 제각기 다른 만큼 그 맛도 각양각색
이다.

　매운탕 맛이 다른 또 다른 이유는 각 지역마다 조금씩 다른 민물고
기의 종류와 맛 때문이다. 같은 과일이라도 지역마다 다르듯이 같은
종류의 고기도 지역마다 조금씩 그 맛이 다르다. 이것은 당연히 지역
적인 특성이 다른데서 연유한다.
　동강에서 잡은 꺽지나 빠가사리가 서강에서 잡은 것과 맛이 다르다
는 것을 아는 사람은 드물다. 그렇지만 분명히 맛의 차이가 있다. 이것
은 물의 차이와 그 물에서 생존하는 민물고기의 먹이사슬과도 연관이
있다.

　민물매운탕의 으뜸은 역시 쏘가리 매운탕이다. 맛이 으뜸인 만큼 가

격이 너무 비싸서(대략 4인분에 10~20만원) 서민들이 먹기에는 참 부담스러운 가격이다.

고향이 강가에서 가까운 곳(걸어서 십 여분 거리)이라서 매운탕은 많이 먹으면서 컸는데, 가끔씩은 쏘가리 매운탕도 먹었었다. 쏘가리는 회로 먹어도 맛이 일품이다.

사람마다 조금씩 다르기는 하지만 그 다음으로 치는 것이 메기 매운탕과 빠가사리(동자개) 매운탕이다. 꺽지나 퉁가리 매운탕도 이름을 빼면 매우 서운해 할 정도로 맛이 있다.

쑥갓, 대파(양파), 미나리, 감자, 고춧가루, 고추장, 들깻잎, 마늘, 청주, 방앗잎 등의 주재료에다가 취향에 따라 이것저것 첨가하여 매운탕을 끓이다 보니 그 맛이 가히 천차만별이다. 바닷고기와는 다르게 민물매운탕에서는 흙내가 난다.

민물매운탕에는 그 고장의 흙냄새, 초목의 냄새에다가 사람들의 삶이 배어있어서 펄펄 끓여 진국을 만들수록 그 고장의 역사와 향기를 느낄 수 있다.

가난한 농투성이들이 단백질을 섭취하는 가장 쉬운 방법 중의 하나가 천렵이다.

가마솥단지 하나 지게에 지고 강가로 나가서 그날 잡은 고기로 즉석에서 끓여낸 매운탕이 가난한 농군들에게는 하늘이 내려주는 보양식이었다. 마을 마다 한두 집 있는 지주들이야 사시사철 육고기를 먹을 수 있었지만 소작으로 입에 풀칠하기도 버거운 인생들에게 있어 천렵은 재미있는 놀이요 영양섭취의 장이었다.

타향에 와서 같은 종류의 물고기를 잡아 매운탕을 끓여도 고향의 민물매운탕 맛이 안 나는 것은 너무도 당연한 것이리라. 고향의 냄새와 고향의 맛이 빠져 있는데 어찌 고향의 민물매운탕 맛이 나겠는가?

요즘 들어 내 고향 서강나루의 민물매운탕이 부쩍 먹고 싶어진다.
나도 이제 나이를 먹어서일까?
타향살이 어언 30년.
고향에 대한 그리움만큼이나 깊어가는 민물매운탕에 대한 추억이 내 마음을 흔들고 나면 내 눈에서는 어느새 소리 없이 안개비가 내린다.

12. 코스모스 피어있는 학교 길과
향우반 활동

요즘도 특정 계절(봄, 여름, 가을, 겨울)만 되면 어김없이 들리는 노래가 있는데 이름하여 계절노래가 그것이다.

가을을 대표하는 노래 중에는 조금 오래된 노래로 가수 김상희 씨가 부른 '코스모스 피어있는 길'이 있다.

코스모스 한들한들 피어 있는 길
향기로운 가을 길을 걸어갑니다……

아직 태양이 뜨거운 날씨인데도 길가에 코스모스가 피기 시작하면 '이제 가을로 접어드는구나.'라고 생각하곤 했었다.

그래서 코스모스를 '가을의 전령사'라고도 하였다.

순정, 애정, 조화의 꽃말을 가지고 있는 코스모스는 줄기가 가늘고 잔잔한 바람에도 쉬 흔들리는 가녀림과 순수함을 가지고 있어서 우리가 소녀를 표현할 때 흔히 '코스모스를 닮은 소녀' 라고 한다.

꽃의 종류가 그다지 많지 않았던 70년대에 학교에서는 코스모스 꽃길 조성에 학생들을 많이 동원하였다.

각 마을별로 구역을 정해 길가에 의무적으로 꽃길을 조성하도록 했는데 그 일을 중심적으로 수행했던 조직이 초등학생의 마을별 조직인 '향우반' 이다.

그 당시 초등학교를 다녔던 아이들은 모두 자기가 살고 있는 마을의 향우반에 가입해야 했고, 한 달에 한번은 일요일에 모여 이런저런 일들을 했었다.

그 중의 하나가 마을 어귀를 가꾸는 일이었는데, 새마을 운동이 전국적으로 불길처럼 타오르던 때라서 마을을 방문하는 사람들에게 좋은 이미지를 심어주려는 의도가 아니었을까 생각된다.

학교 가는 길의 일부 구간은 정규수업시간에 학생들이 동원이 되어 길가에 꽃을 대대적으로 심었는데 대표적인 것이 코스모스와 해바라기로 기억한다.

초등학생이었던 나는 내가 가꾼 학교 가는 길의 코스모스를 보면서 학교를 다녔었다. 그래서인지 나는 어린 나이에 십리 길을 걸어서 등교했음에도 불구하고 그다지 힘들게 느껴지지가 않았었다.

울엄마 울아빠 행복충전소

코스모스를 생각하면 생각나는 추억 중의 대표적인 것 하나가 벌에 쏘였던 일이다. 길가의 코스모스에는 어김없이 벌들이 날아들었고 어린 나이의 호기심에 그걸 그냥 지나치지 못했다.

고무신발을 벗어서 벌을 낚아채기도 했지만 가끔씩은 영웅심(?)에서 맨손으로 벌을 잡았었는데, 그러다가 벌에 쏘여서 눈물을 찔끔거리기도 하였다. 그런 경험 때문인지 요즘도 웬만한 벌에는 쏘여도 끄떡없다.

어떤 아이들은 그 벌의 침을 뺀 후에 혹시라도 있을지 모르는 꿀을 빼앗아 먹겠다고 벌의 꽁무니를 빨기도 하였다.

올해도 길가에는 어김없이 코스모스가 피었다.

김상희씨의 노래 '코스모스 피어있는 길' 이라는 노래도 들려온다.

참으로 오랜만에 눈을 감고 편안한 마음으로 그 노래를 들으며 아련한 추억 속에 잠겨 보았다.

13. 까치설날과 묵은세배

새해를 맞이하여 설날에 웃어른께 드리는 세배는 다들 알고 있지만 '묵은세배'는 대부분의 사람들에게 생소하게 들릴 것이다. 묵은세배는 설날 하루 전날인 섣달그믐날에 새해를 맞이하기 전에 그해를 잘 보낸 것에 대해 웃어른들께 감사의 인사(절)를 드리는 것이다.

설날 하루 전날을 50대 이하의 사람들은 대부분 까치설날로 알고 있다. 그런데 재미있는 것은 까치설날의 의미를 제대로 모르는 인쇄업자들이 연하장에다가 까치를 그려 넣어서 사람의 설날과 까치의 설날이라는 의미를 부여하고 있다.

반달, 따오기 등을 작곡한 동요작곡의 선구자 윤극영 선생님이 지은 설날이란 동요에는 '까치 까치 설날은 어저께고요 우리 우리 설날은 오늘이래요' 라는 가사가 나온다. 여기서 '까치 까치 설날은' 이라고 표현한 것은 음률을 맞추기 위해서 한 것인데 이 가사를 듣는 사람들은 까치라는 말이 나오니까 설 전날은 까치들의 설날이고, 설날은 우리들의(사람)의 설날이라고 받아들인 것이다.

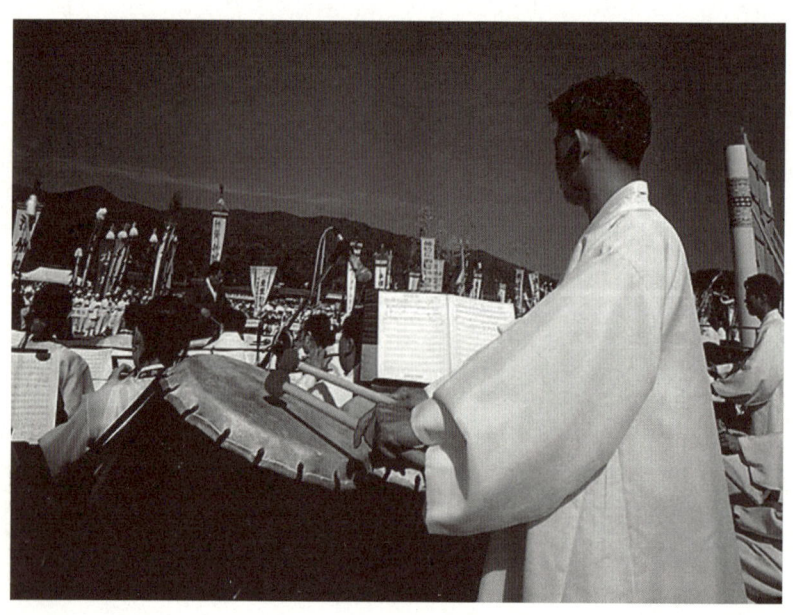

까치설날의 유래는 의복에서 비롯되었다는 것이 다수설이다. 알록 달록한 색상의 색동저고리를 까치옷이라고 하였는데, 이것은 옛날의 설빔이 알록달록한 색동옷이 대부분이라는 데서 연유한다고 할 수 있다. 요즘에 일부사람들이 알록달록한 색동한복을 '깨끼'라고 하는데 이 깨끼라는 말도 까치라는 말이 변해서 된 것이다.

설 전날에는 설빔을 미리 입어보고, 자랑도 하였는데 예쁜 까치옷을 입는 날이라는 의미에서 까치설날이라고 하였다. 서양식 표현으로는 '설이브날'이라고 할 수 있다.

어릴 때에는 설날보다 까치설날이 더 들뜨고 행복했었던 것으로 기억된다. 부모님이 새로 사준 검정고무신을 신어보고 때때옷을 처음 입어보는 날이기에 세상에서 제일 행복한 날이었다. 설날에 먹는 쌀밥과 고깃국은 당일 하루의 행복에 그치지만 설빔과 신발은 최소 한 달은 행복하게 해주었기에 까치설날이 설날보다 훨씬 행복했었다.

요즘이야 신발이나 옷이 너무 흔해서 사고 싶으면 언제든지 살 수 있는 물건이지만, 1970년대 만해도 대부분의 농어촌에서 옷은 특별한 날에나 겨우 사서 입을 수 있었기에 어린아이들에게 설날이 주는 의미는 정말 특별했었다.

전년에 흉년이라도 들면 새해 설날에는 장리쌀을 얻어서 겨우 쌀밥으로 제사상 차리기에 급급했던 부모님들이기에 자식들의 때때옷이나 신발을 사준다는 것은 너무나 힘든 일이었을 것이다. 그럼에도 불구하고 그런 사정을 모르는 어린 자식들의 마음은 그 해의 설날이 그저 악몽으로 기억되었고, 나 또한 몇날 며칠을 눈이 퉁퉁 붓도록 울었던 기억이 난다.

설을 지낸 후에 음식이며 과자는 주로 다락방에 두고 조금씩 꺼내서 온 가족이 먹었는데 그게 너무 먹고 싶어서 어느 날은 다락방에 몰래 올라갔다가 어머니에게 들켜서 야단맞았던 기억도 새삼 떠오른다.

이제 얼마 후면 수천 년 내려 온 민족 최대의 명절 설날이다. 비록 예전 같은 설렘은 없더라도 모처럼 일가친척이 함께하는 날이니 만큼 즐겁고 기쁜 날이 되시기 바랍니다.
건강한 설
행복한 설
사랑이 넘치는 그런 설이 모두모두 되시기 바랍니다.
까치 까치 설날은 어저께고요
우리 우리 설날은 오늘이래요

14. 정월대보름과 찰밥(오곡밥)동냥

일 년 중 세시풍속이 가장 많은 날은 민족 최대의 명절이라는 추석이나 설날이 아니라 정월대보름이다. 이 날은 줄다리기, 연날리기, 제기차기, 쥐불놀이, 지신밟기, 달집태우기, 부럼깨기, 더위팔기, 귀밝이술, 오곡밥, 복조리, 놋다리밟기, 차전놀이, 달맞이 등 일일이 열거하기가 벅찰 정도로 민속행사도 많고 세시풍속도 많은 날이다.

세상에서 제일 흥미로운 구경거리 중의 하나가 불구경이라고 한다. 정월대보름 밤에 달집을 태우는 모습은 오늘날의 폭죽놀이만큼이나 가슴을 설레게 했다.

논두렁과 밭두렁을 태워서 병충해를 줄이는 쥐불놀이와는 별개로 빈 깡통에 못으로 구멍을 숭숭 뚫어서 잘게 토막 낸 나무를 넣고 불을 붙인 후에 공중에 빙빙 돌리는 불놀이를 하였는데, 경상도와 충청도 일부에서는 이것을 '망우리' 라고 불렀다.

망우리를 돌리는 일은 정월보름날이 되기 수일 전부터 야간에 들판이나 논에서 주로 하였다. 달밤에 이곳저곳에서 불꽃이 원을 그리는 모습은 참으로 보기가 좋다.

　망우리를 돌리는 일은 보름날에 끝내는데, 이 날은 망우리를 하늘 높이 던져 올려서 불꽃이 사방으로 흩날리는 모습을 보는 것을 마지막으로 놀이가 끝난다.

　정월대보름에 가장 인상적인 것은 따로 있다. 이 날만큼은 가난한 사람들도 오곡밥을 배부르게 먹고도 남을 만큼 많이 한다. 이른 저녁에 오곡밥을 먹고 망우리 돌리는 놀이가 파하면 본격적인 찰밥(오곡밥) 동냥(?)에 나선다.

　커다란 양푼을 숟가락으로 두드리면서 밥 좀 달라고 하면 어느 집이든지 찰밥(오곡밥)을 내어준다. 친구들과 어울려서 열 집만 돌아도 커다란 양푼에 찰밥이 가득 담긴다. 놀다가 꺼진 배를 일차로 채우고 다시 동산에 올라가서 달맞이도 하고 밤늦도록 놀다가 이차로 동냥한 찰밥을 배부르게 먹는데, 걸신이 들려서인지 그 많던 밥들이 다 없어진다.

　정월대보름은 일 년 중에서 가장 밥을 많이 먹는 날이다. 이날은 거지들도 찰밥을 엄청나게 많이 얻어먹을 수 있는 날이다. 그래서 정월대보름은 부자들과 가난한 사람, 심지어는 골짜기의 움막에서 거적을 치고 살던 거지패들까지도 배부르고 행복한 날이라고 할 수 있다.

　겨우내 연날리기와 연싸움을 하면서 놀던 정든 연에 소원을 적어서 멀리 날려 보내는 날도 정월대보름이다. 대보름날 연을 날려 보낸 기억은 있는데 무슨 내용을 적었는지 기억이 나지 않는다. 아마도 배고픈 시절이었으니까 밥을 굶지 않게 해 달라고 하지 않았을까 생각된다.

그 당시의 나로서는 오늘날과 같은 세상이 온다는 것은 상상조차 못했기 때문에 소원이라고 해봐야 생리적인 욕구를 채우는 수준에 머무를 수밖에 없었을 것이다.

어느 대보름날 아침에는 나를 부르는 소리에 냉큼 대답하다가 얼떨결에 더위를 사고는 억울해서 눈물까지 글썽거렸던 적도 있었다. 요즘에야 더위를 파는 사람들도 거의 없고, 집이나 자동차, 공공장소에 대부분 에어컨이 있어서 누가 더위를 팔아도 콧방귀를 뀔 것이다.

이렇듯 세상은 너무도 많이 변했다. 이제는 그런 것은 다 세시풍습에 지나지 않는다고 생각하니까 누가 나에게 더위를 팔더라도 덤덤할 수 있지만, 그 시절의 나는 그런 풍습을 철석같이 믿었었기에 굉장히 심각하게 받아들였다.

누군가 장난을 치느라고 내 눈썹에 밀가루를 발라놓은 것도 모르고 정말로 눈썹이 하얗게 세어버렸다고 속상해 했던 기억도 선명하다.

정월대보름의 세시풍속은 가능하면 계승하는 게 좋을 것이라는 생각이 든다.

시대에 맞게 조금 변형을 해서라도 국민들이 민족 고유의 세시풍속을 버리지 말고 잘 지켰으면 좋겠다.

정부나 지방자치단체의 주관 하에 한복을 곱게 입고 제기차기 대회, 윷놀이 대회, 줄다리기 대회, 연싸움 대회 등을 전국적으로 열었으면 하는 생각이 간절하다.

그런 날이 오기를 소망한다.

PART III

행복한 세상 만들기

1. 역사를 거울로 볼 줄 아는 지혜

논어(論語)에 이르기를 "자왈(子曰) 군자(君子)는 불기(不器)"이라고 했다. 군자는 기물 같은 존재가 아니라는 것이다. 여기서 군자(지성인)는 학문과 덕을 겸비하면서 충분한 경험을 가진 인격자를 가리킨다. 그래서 군자는 그릇처럼 그 크기가 한정되지 않는다고 말한 것이다. 그릇은 오직 한정된 물건만을 담을 수 있지만 군자, 즉 지성인은 모든 것을 갖추었기에 세상만물을 포용할 수 있다는 뜻이다.

대한제국 이래로 지금까지 우리 겨레가 겪은
수많은 시련의 역사는 소위 지식인들이라고 할 수 있는
사람들에 의해서 만들어진 것이다.

이 땅의 지도자들이 지나온 우리의 역사를
제대로 볼 줄 아는 혜안을 가진다면
대한민국의 미래는 가을 햇살 아래 다람다람 빛나는
대추알처럼 아름다운 결실을 맺을 것이다.

대한제국 이래로 지금까지 우리 겨레가 겪은 수많은 시련의 역사는 소위 지식인들이라고 할 수 있는 사람들에 의해서 만들어진 것이다.

일본제국에게 나라를 팔아먹은 을사오적도 그저 평범한 일반 백성들이 아니라 나라를 이끌어가던 지도층 사람들이었다. 춥고 어둡던 식민지시절에 백성들의 눈물냄새를 즐기며, 내선일체를 주장하는 일본에 동조하여 조선의 혼을 죽이는데 앞장선 사람들 역시 그들이었다.

해방된 조국 한반도가 남북으로 갈라지고, 각자의 영역에서 권력을 독점하기 위해서 정치라는 이름과 이념을 빙자하여 무수히 많은 동족을 죽음으로 몰고 간 장본인들도 역시 그들이었다.

1892년 영국의 런던에서 출생한 역사학자 Edward Hallet Carr는 그의 저서 '역사란 무엇인가' 에서 역사는 현재와 과거의 끊임없는 대화라고 말했다.

지금 우리에게는 해방 이후에 남과 북이 어떠한 역사적 오류를 범했는지 정확히 알려고 하는 노력이 필요한 때다. 이제부터라도 좌우의 이념을 떠나서 우리 근대사 앞에 역사를 제대로 비추는 거울을 놓고 찬찬히 들여다봐야 한다. 왼쪽이나 오른쪽 눈을 감지 말고 두 눈 똑바로 뜨고 거울에 비치는 우리 역사의 참모습을 보라.

학식이 높은 목사나 신부, 스님들은 자기 종교의 책은 물론이거니와 상대편에서 쓴 책까지도 정독하며, 그것에서 얻을 수 있는 것들을 취하려고 노력한다. 또한 그들은 설교나 설법을 할 때 타종교의 지도자들이 쓴 글을 종종 인용하기도 한다.

그런데 정치(政治:백성의 잘못을 바로 잡고 그들의 삶이 물 흐르듯

이 막힘이 없게 하는 것)를 하겠다고 하는 사람들은 유독 한쪽 눈으로만 세상을 보려고 한다. 눈의 장애를 가진 분들에겐 대단히 죄송한 얘기지만 한쪽 눈으로만 세상을 보면 세상이 있는 그대로 보이지가 않는다고 한다.

새는 좌우의 날개로 난다. 그런데 이 새의 한 쪽 날개가 없다고 가정하면 어떻게 될까? 그 새는 아무리 날개를 퍼덕거려도 결코 앞으로 나가지 못할 것이다. 그런데도 정치적 신념을 가진 사람들은 거의 매번 다른 한쪽을 상종하지 못할 골통집단으로 매도한다.

이 땅의 지도자들이 지나온 우리의 역사를 제대로 볼 줄 아는 혜안을 가진다면 대한민국의 미래는 가을 햇살 아래 다람다람 빛나는 대추알처럼 아름다운 결실을 맺을 것이다. 잘못된 것들을 하루아침에 몽땅 바꿀 수만 있다면 그리 하는 것이 마땅하겠지만, 세상사라는 것이 그렇게 망치질 하듯이 뚝딱 하고 바뀌어질 수 있는 것이 아니다. 조급성을 버리고 좀 더 널푼히 기다리는 여유가 있어야 한다.

지식인들은 이념을 떠나서 우리 역사에 대한 올바른 이해와 그것을 바탕으로 우리가 나아갈 방향을 제시하는 일에 주저하지 말아야 한다. 그것이 머리에 지식만 가득한 지식인이 아닌 지성인이 되는 길이며, 자신의 사회적 책임을 이행하는 길일 것이다.

공자께서 말씀하시기를 "군자는 덕을 생각하고 소인은 땅을 생각하며, 군자는 법을 생각하고 소인은 혜택을 생각한다."고 하였다.

사회지도층이란 완장은 국민들에게 폼이나 잡고, 힘을 행사하라고 채워준 것이 결코 아니다.

이 나라에서 일어나는 수많은 문제들이 단지 일부 정치인들의 잘못 때문이라고 책임을 전가해서도 안 된다. 이 땅의 지성인들이 제대로 자신의 몫을 다했다면 우리 근대사의 수많은 오류들 중 상당부분은 아마도 발생하지 않았을 것이다.

역사를 거울에 비추어 볼 줄 아는 혜안만이 대한민국을 바로 세울 수 있다.

지성인들의 사회적 책임이 절실히 요구되는 시기가 바로 지금이다.

2. 한국인의 삶과 김치 전쟁

외국인들에게 한국 하면 제일 먼저 떠오르는 단어가 바로 김치라고 한다. 한국인들에게 김치는 오랜 세월동안 밥상에 빠지지 않고 오른 단골메뉴였으며, 한국인의 삶이 고스란히 담겨있는 식품이기에 한국을 대표하는 이미지가 되지 않았나 생각된다.

한국어사전에는 '소금에 절인 배추나 무 따위를 고춧가루, 마늘, 파 따위의 양념에 버무린 후에 발효시킨 음식'이 김치라고 되어있다. 그런데 김치는 지방마다 조금씩 만드는 법이 달라서 그 종류만도 440가지나 된다고 한다. 김치의 세계화 추세에 맞추어 규격화시킨 것이 17종류라고 하니 음식의 다양성 측면에서는 타의 추종을
 불허하는 것이 또한 우리의 김치라고 할 수 있다

김치는 고려시대의 문인 이규보의 '동국이상국집'에 감지(監漬)로 표시되어 있으며 1600년대 말에 쓴 '주방문(酒方文)'에는 지히로 표시되어 있고, 이후에 딤채를 거쳐 현재 쓰이고 있는 김치라는 이름으로

정착되었다고 한다.

김치냉장고를 최초로 만들었고 아직도 최고의 김치냉장고로 자리하고 있는 만도의 '딤채'라는 브랜드도 바로 김치의 옛 이름에서 따온 것이다.

지주들의 농토를 소작하며 겨우 입에 풀칠하던 우리네 가난한 농부들의 살림살이에도 겨울이면 어김없이 등장하는 것이 바로 김장김치였다. 마당을 파서 김칫독을 묻고, 독이 얼지 않도록 왕겨를 두르고 이영으로 감싸서 추위로부터 보호하였다.

채소류가 나올 때까지 먹어야하는 음식이었기에 이른 봄에 먹을 김치는 특별히 소금을 듬뿍 넣어서 만든 염장김치라서 엄청 짰던 기억이 난다. 그래서인지는 잘 모르지만 내 고향 제천에서는 김치를 짠지라고도 불렀다.

조선을 35년(36년이 아님) 동안 식민통치한 일본제국주의자들이 한국인들을 경멸하는 말로 쓴 것도 역시 '김치와 마늘 냄새가 역겨운 조센징'이라는 표현이었다. 그런데 세상이 바뀌고 전 세계적인 한류바람 덕분인지는 몰라도 일본의 상류사회에서 김치는 최고의 음식이며, 건강식품으로 인식되고 있는 게 현실이다.

일본은 김치의 국제표준을 자신들이 만든 짝퉁김치인 '기무치'로 하기 위해 온갖 공작을 다했는데도 불구하고 다행히 한국의 김치가 국제표준이 되었다. 그러나 이름만 지켰을 뿐 내용은 한국식의 발효 김치가 아닌 일본식의 기무치를 주 내용으로 하는 것이라고 하니 아직도 김치전쟁은 진행 중이라고 할 수 있다.

김치가 섬유질이 풍부하고 양념으로 들어가는 고춧가루나 마늘, 파 등의 양념으로 인해 다이어트와 각종 성인병을 예방하는 좋은 건강식 품이라는 것은 한국 사람들에게 상식이다.

김치는 끓여서 먹어도 유산균 외에는 영양의 파괴가 거의 없고 구워 먹어도 영양의 파괴가 없는 거의 유일무이한 식품이기도 하다.

또한 김치는 어떠한 음식에도 잘 어울리며, 특히 서양식 고기류와도 잘 어울린다. 돈가스나 불고기 종류를 먹을 때 김치를 같이 먹으면 맛 이 깔끔해진다. 기름기가 많아서 느끼한 음식에 김치를 곁들여 먹으면 한결 개운하고 깔끔한 맛을 즐길 수 있어서 좋다. 김치 중에서도 특히 백김치가 기름기가 많은 고기류의 음식과 같이 먹으면 잘 어울린다.

삼겹살을 먹을 때 가장 신경을 써야 하는 부분은 백김치를 잘하는 집은 피해야 한다는 것이다. 왜냐하면 느끼함을 잡아주는 백김치의 환 상적인 맛 때문에 삼겹살을 과식하게 되기 때문이다. 반대로 생각하면 삼겹살집으로 성공하고 싶은 사람은 먼저 백김치를 만드는 방법부터 배워야 한다.

요즘 젊은이들은 김치를 안 먹고 서양식의 고기류와 버터에 익숙해 져 있어서 걱정이 된다.

조상 대대로 이어져 내려온 건강식품인 우리의 김치를 다시 우리의 후손들에게 안전하게 물려주려면 우리의 젊은이들이 김치를 즐겨먹고 김치에 대한 각별한 관심을 가져야 한다.

일본과의 김치전쟁은 아직도 진행 중이다. 일본의 김치식민지화에 맞서 싸우려면 우리의 젊은이들이 김치를 배우고 알아야 한다.

요즘은 한일간의 김치전쟁에 슬며시 끼어들어 숟가락을 놓으려고 하는 사람들도 생겨났는데 바로 중국인이 그들이다.

역사의 동북공정에 머무르지 않고 한글과 김치, 아리랑 등 한국의 모든 것을 자기들이 원조라고 우기면서 중국화하려고 오늘도 검은 손길을 도처에 뻗치고 있다.

일본인이나 중국인들에게 있어서 김치는 단순히 돈벌이 수단에 불과하지만 우리는 다르다.

한국인에게 있어 김치는 우리의 역사요 삶 자체라고 할 수 있다. 이러한 우리의 김치가 주변국들에게 짓밟히지 않도록 잘 지키고 보전하는데 청춘의 피가 끓는 우리의 젊은이들이 앞장서 주시길 간곡히 바란다.

3. 책 읽는 설렁탕 집 종업원과 책 안 읽는 너 그리고 나

오늘 아침 뉴스 한 자락이 내 가슴을 먹먹하게 했다.

사장이 설렁탕 집 모든 종업원들에게 책을 읽게 하고 일일이 숙제(?) 검사도 한다는 내용이다.

어찌 보면 구시대적 발상이기도 하지만 오늘의 한국사회가 얼마나 책을 안 읽으면 저리할까? 하는 생각을 했다.

요즘 서점의 현실을 보면 다양한 분야의 많은 책들이 골고루 팔려야 함에도 불구하고 가벼운 소설, 쉽게 읽을 수 있는 이야기 거리, 취미나 재테크 관련 서적이 판매량의 대부분을 차지하고 있는 것이 우려스럽다.

책을 읽는 것조차 용기가 필요한 세상이 된
2012년의 대한민국.
집시처럼 떠도는 책의 유령들이 서점들을 배회하며
마른 눈물을 흘린다.

한국에도 글 잘 쓰는 유명한 작가들이 많이 있다.

몇몇 스타작가 외에도 시나 소설 수필 분야에서 실력 있는 신예작가들이 많이 있는데도 불구하고, 의류나 잡화류처럼 브랜드만 팔리는 현상이 많은 인명을 앗아간 국지성 폭우만큼이나 나를 슬프게 한다.

막상 소설을 써도 책을 내주는 출판사가 없어 자비로 100~200권 출간하고 출판기념회 사진 한 장 찍는 것으로 끝내는 작가들을 보면 이 땅에서 작가로 살아간다는 것이 녹녹지 않다는 것을 알 수 있다.

예전에는 도종환의 '접시꽃 당신' 같은 시집이 100만권 이상 팔리기도 했지만 요즘은 10만권 이상 팔리는 시집도 구경하기 힘들다. 3만권 이상만 팔려도 대박이라는 소리를 듣는 게 출판시장의 현실이다.

서점 주인들도 책이 안 팔리니까 베스트셀러 순위를 보고 책을 주문하기 때문에 순위에서 밀린 책들은 중소형서점의 가판대에는 아예 진열조차 되지 않는다.

어느새 고양이 걸음으로 다가온 가을이 다소 당황스럽기는 하지만, 책을 읽기에는 딱 좋은 날씨인 것 같다.

책을 읽는 것조차 용기가 필요한 세상이 된 2012년의 대한민국. 집시처럼 떠도는 책의 유령들이 서점들을 배회하며 마른 눈물을 흘린다.

이 땅의 미래를 걱정하면서…….

4. 엄친아와 보통사람들

재벌과 부자들에게 돌팔매를 던지며 미워하는 사람들도 유독 연예인에게는 약한 것 같다.

연예인 중 누군가 부잣집 자식에 공부도 잘했다고 하면 괜히 없던 존경심도 드러내고 젊은 사람들은 "나도 닮고 싶다."는 말을 한다.

가난하고 공부도 못했지만 열심히 노력해서 훌륭한 연예인으로 성공한 사람을 엄친아라고 하지는 않는다. 언론이 국민들을 호도하기 위해 만들어 낸 신조어에 사람들이 열광하는 모습을 보면 씁쓸하다.

요즘 사람들은 부자를 미워하면서도, 한편으로는 개천에서 난 용은 별로 좋아하지 않는 것 같다. 지지리 궁상을 떠는 집안에서 자라다가 성공한 사람들에게 "지까짓 게 성공했으면" 하고 무시하는 시기와 질투의 놀부 심보가 자리잡고 있는 것 같다.

재벌과 부자는 잡아먹을 듯이 까면서 부모의 뒷배가 든든한 연예인들은 부러워하는 사람들의 이중성에 화가 난다.

이제는 정말 개천에서 용이 난다는 것은 상상하기 힘들다.

요즘 개천은 물이 말라서 물조차 잘 흐르지 않기 때문일까?

부모의 든든한 지원을 못 받는 아이들이 학교에서 우수한 성적을 내는 경우는 가뭄에 콩 나는 것보다 드문 것 같다. 초등학교까지는 타고난 머리와 노력으로 상위권을 유지하다가도 학원과 과외선생의 집중지도가 필요한(?) 중·고등학교에 진학하면 가난한 집과 부잣집 아이들의 성적이 차이를 보이기 시작한다.

소위 SKY대학 진학률이 서울 강남에 집중되어 있는 것을 보면 우리나라 공교육의 현주소를 알만하다.

나보다 잘사는 사람을 미워하지 말고, 나보다 못사는 사람들에게 베풀 수 있는 아량이 절실히 필요한 시대인 것 같다.

재벌과 부자는 미워하면서
엄친아에 열광하는 이중성에서 벗어나서
새로운 시대적 영웅상을 찾고,
우리가 가야할 미지의 세계에 대해
도전하는 그런 열정을 가진
대한의 청년들을 기다려 본다.

가난한 학우에게 도시락을 나누어주는 정겹고 따스한 교실풍경이
그리워진다.

대필 작가를 통해 작가의 세계로 들어서는 연예인들이 점점 늘어나
고 있다. 웬만한 유명 연예인들은 죄다 책을 내고 있다.

연예인이 책을 내면 작품성에 관계없이 팬들이 읽어주기 때문에 대
형책방의 좋은 자리를 독점하고, 독자들은 또 그런 연예인들의 책을
읽고 만족해한다. 문인들의 설 자리가 점점 없어지고 있는 것이다.

그런 와중에서 아직도 문학은 20세기의 패러다임을 그대로 안고 가
고 있다. 이제는 남북분단이나 구시대의 낡은 이데올로기를 과감히 버
리고, 다가올 새로운 시대의 새로운 이념에 대한 열망을 작품에 담는

모험이 필요하지만, 작금의 스타작가들은 그런 모험을 하려고 하지 않는다.

스타작가라는 타이틀만 따면 거기에 안주해 버린다. 독자들에게 시대를 뛰어넘는 새로운 비전을 보여주길 망설이며 주저앉는다.

재벌과 부자는 미워하면서 엄친아에 열광하는 이중성에서 벗어나서 새로운 시대적 영웅상을 찾고, 우리가 가야할 미지의 세계에 대해 도전하는 그런 열정을 가진 대한의 청년들을 기다려 본다.

엄친아가 아닌 보통사람들이 성공하는 그런 모습을 자주 보고 싶다.

오늘도 그런 대한민국이 되었으면 하는 꿈을 꾸며 잠이 든다.

5. 탁월한 사람과 초월한 사람

탁월한 사람과 초월한 사람 중 어떤 사람이기를 원하십니까?

두 야구선수가 있었습니다. 한 사람은 어릴 때부터 '야구신동' 소리를 들었던 탁월한 사람이었습니다. 조금만 가르쳐줘도 타고난 능력이 탁월해서 늘 월등한 능력을 발휘한 그는 촉망받는 야구선수로 자랐습니다.

그는 프로야구단에서 거액의 계약금을 받고 입단했습니다. 그런 그가 프로야구에 적응하지 못하다가 '비운의 야구천재' 소리를 들으며 프로에서 제대로 날개를 펴보지도 못하고 낙마하고 말았습니다. 탁월한 능력의 소유자였던 그였지만 쟁쟁한 프로세계에서 자신의 타고난 능력만 믿다가 별 볼일 없는 선수로 낙인찍히고 방출되었던 것입니다.

또 한사람은 초월한 사람이었습니다. 타고난 능력은 그다지 신통치 못했는지 별다른 주목을 받지 못하다가 대학야구선수로도 지명받지 못하고 사회인 야구선수로서 꿈을 이어갔습니다. 사회인 야구선수가 프로에 입단할 확률은 0.1%도 되지 않는 게 현실이지만 그는 야구를 계속할 수 있다는 것만으로도 감사하게 생각하며 열심히 노력한 끝에 마침내 프로야구선수가 될 수 있었고, 일본의 유명한 프로선수로서 이름을 날렸습니다.

초월한 사람은 자기에게 주어진 환경이 아무리 열악하더라도 좌절하지 않고 자진의 길을 뚜벅이처럼 가는 사람입니다. 최성봉이라는 22세의 청년이 부모형제도 없는 고아로서 어려운 환경에도 굴하지 않고 자신의 꿈을 실현해 가기 위해 노력한 얘기가 화제가 되고 있습니다.

그가 초등학교와 중학교를 검정고시로 합격해서 예고를 다녔는데, 예고를 다녔다는 부분은 방송사가 의도적으로 편집해서 시청자들의 항의를 받기도 했다. 그렇다고 하더라도 천애고아였던 그가 짐승처럼 노숙을 하면서도 포기하지 않고 초·중학교 검정고시를 보고 예고에 진학했다는 것만으로도 칭찬받을 일이다. 게다가 그는 대학진학을 할 수 없는 상황에서 막노동을 하면서도 성악을 포기하지 않았고, 마침내 세상 사람들에게 자신의 존재를 알리는데 성공했다면 우리는 그에게 아낌없는 박수를 보내야 한다고 본다.

여러분들 같았으면 그리할 수 있었겠습니까?
저는 절대로 그렇게 하지 못했을 것 같습니다.
천애고아로서 생존을 위협받는 그런 상황에 처한다면 저는 좌절하고 꿈을 포기했을 것이기 때문입니다.
그가 부른 '넬라 판타지아'는 그래서 더 듣는 사람들의 심금을 울렸던 거라고 생각합니다.
탁월한 사람과 초월한 사람은 이렇게 다릅니다. 자신이 처한 환경에 굴하지 않는 초월한 사람이야말로 진정한 인생의 승리자가 아닐까요?
부디 여러분들도 상황에 휘둘리는 상황적 사람이 되지 말고 초월한 사람이 되어 자신의 인생에서 승리하시기 바랍니다.

6. 어른이 없는 사회 어른이 없는 나라

예전에는 우리나라가 동방예의지국이라고 불렸었고, 우리 스스로도 그렇게 생각했던 그런 행복한 시절이 있었다.

대가족제도 안에서 그 가족의 중심이 되는 큰 어른이 있어서, 가족 구성원들 간에 분쟁이 있어도 어른이 '에헴!' 하고 큰 기침 한 번 하면 이내 조용해지곤 했었다.

마을에서도 촌장 비슷한 위치에 있는 어른이 있었고 마을 주민들 간의 어지간한 분쟁은 그 어른의 판결(?)로 끝이 났었다.

국가적으로도 벼슬길에 오르지 않은 무관의 어른이 있었고 그들의 정치적 견해는 무소불위의 권력자인 임금에게까지 영향을 미쳤었다.

어디서부터 잘못된 것인지 요즘은 더 이상 어른이 없다.

아이들은 어른을 어른으로 보지 않는다.

우리는 그런 아이들을 보면서 '요즘 애들은 위아래도 몰라보고 버릇이 없다'고 아이들을 탓하지만 아이들이 왜 그렇게 변했는지에 대한 깊은 성찰은 없다.

예전에는 어른들이 저지르는 온갖 잘못을 아이들이 알 수 없었고, 그런 잘못을 저지르는 어른들도 드물었다.

그런데 요즘은 나잇값을 못하고 파렴치한 짓을 저지르는 못된 어른들의 기사를 인터넷으로 쉽게 접하는 아이들에게 있어서 어른들은 더 이상 자신들이 보고 배우고 따라야할 대상이 아니다.

그래서 요즘 아이들이 생각하는 어른은 그저 자신보다 먼저 태어나서 나이 먹은 늙은이에 불과하다.

그러니 어른이랍시고 아이들의 잘못을 꾸짖으면 '당신이 뭔데 그러냐'고 대들곤 한다. 심지어 아이들에게 폭행을 당하기도 한다.

이쯤 되면 '세상이 말세라서 그런다'고 하실 분이 계시겠지만 우리 어른들이 나잇값을 못한 결과라고 봐야 한다.

사회지도층 인사들도 어른 구실 못하기는 매일반이다.

온갖 구설에 오르지 않고 정말로 깨끗한 지도층이 우리 사회에 몇이나 되겠는가?

몇 안 되는 덕망가도 정치권의 부추김에 의해 정말로 치사함이 난무하는 정치권에 너도나도 발을 들여놓고, 그 추악함에 물들어간다.

그냥 재야인사로 끝까지 남아 정당과는 거리를 두고 순수하게 사회를 위해 올곧게 자신을 희생하며, 한 평생을 살아가는 그런 사회지도층 인사가 있는지 기억조차 가물가물하다.

　왜냐하면 재야인사라고 하는 분들도 대부분 정당들과 직·간접적으로 연결이 되어 있어서 순수한 지도층인사는 눈을 씻고 찾아봐도 찾기가 힘들기 때문이다.

　그러니 나라가 어지러워도 누구 하나 나서서 국민들을 설득하고 분란을 잠재울 사람이 없다.

　여야 정치권이나 국민들이 다 같이 따르는 존경받는 어른이 없다.

　여야나 좌우 진보와 보수를 떠나서 국민 모두에게 존경을 받는 어른이 이 땅에는 없는 듯하다.

　좌우의 어느 한 쪽 편에서 존경받는 인물은 있어도 양쪽 편 모두에게 존경받는 인물이 없다.

이제는 우리도 존경의 대상이 될 만한 인물을 키워야 한다.

그런 인물이 여야 정치권에 발을 들여놓지 못하게 우리가 막아야 한다. 그런데 성급한 국민들은 자꾸 그런 분들에게 정치를 하라고 요구한다. 그 썩은 냄새가 진동하는 정치에 발을 들여놓으라고 그들에게 재촉한다.

그들을 정치지도자로 만들지 말고 우리 시대에는 존재하지 않을 법한 여야를 아우르는 존경받는 어른으로 자리할 수 있도록 언론과 국민들은 더 이상 그들을 흔들지 않았으면 좋겠다는 생각이 든다.

이 시대에도 한명쯤 온 국민이 존경하는 그런 인물이 있어야 하지 않겠는가?

7. 부자도 불행하고 가난한 사람도 불행한 나라

얼마 전에 모 신문에 났던 기사의 제목이다.

신문사에서 설문조사를 한 결과 부자도 불행하고 가난한 사람도 불행한 나라가 바로 대한민국이라는 것이다.

조계종 13대 종정 진제스님은 "爭卽不足이나 讓卽有餘"라고 말했다. 다투면 만 냥도 부족하지만 양보하면 세 푼도 남는다는 뜻이다.

돈키호테의 작가 세르반테스는 '행복은 부가 가져다주는 것이 아니라, 부를 사용함으로써 얻을 수 있다.' 고 정의하였다.

또한, M. 프로올은 '행복하게 되고 싶은 사람은 남을 기쁘게 해 주는 방법부터 배워야 한다.' 고 하였다.

운동장처럼 넓은 집에 대형 외제차를 자랑스럽게 몰고 다니는 이 땅의 부자들이 왜 스스로를 불행하다고 생각하는 것일까?

모든 걸 다 가진(?) 그들이 왜 불행한 걸까?

자본주의 역사가 짧은 우리나라에는 스스로 밑바닥에서부터 차근차 근 계단을 밟아서 올라 온 사람보다 온갖 투기를 통해 졸지에 부자가 된 이른바 '졸부' 가 많다.

가난한 나라가 산업화를 통해 단기간에 선진국대열에 합류한 경우 이다 보니, 현재 부자인 사람들 가운데 처음부터 부자였던 경우는 거 의 없다고 봐야할 것이다.

자수성가한 사람들의 경우 가난을 딛고 산업화과정에서 악착같이 부를 축적한 사람들이기에 손에 움켜쥔 재물에 대한 애착은 세계 어느 나라의 부자들보다도 강하다.

그러다 보니 '내가 어떻게 모은 재산인데' 하는 생각에 남에게 나누 어 주는 것에는 세계에서 제일 인색하다.

가난하게 살다가 졸지에 부자가 된 사람의 경우도 마찬가지다.

그러면서도 내가 이렇게 큰 집에 살고, 이렇게 큰 차를 타고 다니니 까 '가난한 너희들이 나를 우러러봐줘' 하는 심리는 누구보다도 강하 다.

그렇지만 이 땅의 가난한 사람들은 대다수의 부자들이 어떻게 부를 축적했는지 알기에 그들을 경멸하면 했지 결코 존경하지 않는다.

부동산 투기나 부정한 방법으로 단기간에 부를 축적한 부자들, 소위 말하는 졸부들이 많은 한국사회에서 부자들에 대한 시선이 곱지 않은 것은 그들이 당연히 감내해야 할 몫이다.

조계종 13대 종정 진제스님은
"爭卽不足이나 讓卽有餘" 라고 말했다.
다투면 만 냥도 부족하지만
양보하면 세 푼도 남는다는 뜻이다.

그럼에도 불구하고 남들 앞에서 과시하고는 싶은데 그들을 바라보는 시선은 '지가 잘 살면 잘 살았지 그게 뭐?' 라는 식이니 그다지 행복하지 않다고 생각할만하다.

지인들 중에서도 큰 차를 자랑하고, 언제 어디에 해외여행을 다녀왔는지 자랑하면서도 해외여행 할 처지가 못 되는 지인들에게 몇 만 원짜리 선물 사주는 것에는 인색한 사람들이 있다.

'나 혼자 이렇게 해외여행을 왔는데 못 오는 사람들에게 내가 자그마한 기념품이라도 나누어줘야지' 라는 생각을 하는 사람이 없는 것 같다. 그저 못가는 사람 열 받게 자기 자랑만 째지게 한다.

'너희들도 배 아프면 빚을 내서라도 갔다가 오라' 는 식이다.

이러니 누가 부자를 좋은 감정으로 바라보겠는가?

가난해도 그 가난이 그저 불편함에 그칠 정도라면 가난이 곧 불행을 의미하지는 않는다.

그런데 이 땅에서는 가난하면 학교에서도 왕따를 당하고 친구도 형편에 따라 끼리끼리 논다.

가난해서 과외를 못하면 좋은 대학을 갈 수 없는 엉터리 학교교육,

경조사비도 형편과는 관계없이 받은 대로 주는 식이니, 어쩌다가 축의금을 많이 받으면 기쁨보다는 걱정이 앞선다.

모든 게 이런 식이니 내 의지와는 관계없이 이 사회의 구조적 모순이 가난하면 불행하다고 느끼게 하는 것이다.

옛말에 '개처럼 벌어서 정승처럼 쓰라' 는 말이 있다.

그런데 이 땅의 많은 부자들은 개처럼 벌어서 개처럼 쓴다.

그러니 가난한 사람들이 'xx같은 놈들' 이라고 욕을 해대는 것이다.

내 손에 움켜쥔 것을 나누어줄 때 이 땅의 부자들이 진정 행복해질 것이다. 가난한 사람들은 나눔을 실천하는 부자들을 칭송하고, 부자들의 나눔으로 가난한 사람들은 그 혜택을 받아 가난함을 덜 느낄 때 부자와 가난한 사람들이 다 같이 행복을 느끼며 살 수 있지 않을까?

장자는 "덕을 나누는 사람은 성인이고, 재물을 나누는 사람은 현인이다." 라고 하였다.

이 땅의 부자들은 이제 선택을 해야 한다.

움켜쥔 재물을 나눔으로써 더불어 사는 행복한 삶을 살아갈지, 재물을 죽을 때까지 움켜쥐고 불행한 삶을 계속 살아갈지…….

8. 외눈박이 한국인과 패거리문화

요즘 인터넷에 기사가 뜨면 대부분 댓글을 달 수 있게 해놓았다.

그래서 어쩌다가 참여해서 나도 댓글 한 줄 달아야지 하다가도 포기하기 일쑤다.

서로 일면식도 없고, 상대에 대해 제대로 아는 것도 없을 것이 분명한데도 불구하고 마치 조상대대로 철천지 원수인양 시퍼렇게 날선 댓글로 상대의 심장을 난도질하는 장면을 자주 본다.

한국인은 심성이 착하기로 소문난 국민들이었는데 언제부터 이렇게 변한 것인지 착잡한 마음을 금할 수가 없었다.

좌우 진보와 보수로 갈라져 다른 한 쪽 사람은 무조건 죽일 놈이고 그들이 하는 일은 죄다 옳지 못한 일이라고 생각해서인지 상대편의 목을 따서 피를 봐야 직성이 풀리는 사람들처럼 살벌하다.

어느 편이든지 그들이 하는 일이라면 다 옳다고 생각하는 건 아니라고 본다. 따라서 어느 편이건 잘못한 일은 잘못했다고 비판해야 옳음에도 불구하고 그런 말을 하면 상대편 진영사람 대하듯이 도끼질을 해 댄다.

중용이란 세상살이에서 가장 소중한 가치 기준인데도 불구하고 이 땅에서 외눈박이로만 세상을 보는 사람들에게는 그것이 안 통한다.
그저 내 편이 아니면 다 적이라고 생각한다.

진정한 친구는 잘못된 길을 가고 있을 때 그것을 지적해줘서 바른 길을 가도록 하는 사람이다.
인생을 살아가면서 그런 진실한 친구 한 명만 있어도 성공한 인생이라는 말이 있는 것도 다 그런 이유에서일 것이다.

서로 일면식도 없고,
상대에 대해서 제대로 아는 것도
없을 것이 분명한데도 불구하고
네티즌들이 마치 조상대대로 철천지 원수인양
시퍼렇게 날선 댓글로 상대의 심장을
난도질하는 장면을 자주 본다.

새는 좌우 날개의 균형으로 날아간다. 만약에 새에게 한 쪽 날개가
없다면 그 새가 제대로 날 수 있을까?

그런데도 불구하고 이 땅에서는 시민단체도 작가도 배우도 예술인
도 어느 한 쪽을 분명히 택하려고 한다.

그래야 한쪽 편 사람들에게만이라도 어필해서 자신의 생업을 이어
가는 든든한 후원군이 된다고 생각하기 때문인 것 같다.

외눈박이가 판을 치는 한국에서 제3의 길을 간다는 것은 자신의 모
든 것을 포기하는 것이라고 조심스럽게 말하던 어느 교수님의 말씀이
생각난다. 이 나라를 이끌어가는 대표적인 지성들조차도 꺼리는 것이
중용의 길이다.

논어에 이르기를 '子曰 君子는 周而不比하고, 小人은 比而不周라'
했다. 이것은 군자란 사람을 널리 사귀어 편파적이지 않고, 소인은 감
정적이고 매사에 이해타산적이어서 합리적인 이성으로 사람을 대하

지 않는다는 뜻이다.

언제쯤이면 한국인들이 예전의 그 고운 심성을 되찾을 수 있을까?

상대의 생각을 존중하고, 상대의 이념을 존중하고, 상대에 대해 너그러워질 수 있을까?

지금의 대한민국은 국익 앞에서도 국론이 분열되고, 편을 갈라 싸우는 일에 몰두해 있다.

언제쯤이면 대한민국이 패거리문화를 청산하고, 네편 내편이 아닌 진정한 우리가 될 수 있을까?

우리 모두 사랑합시다.

내 생각과 다른 사람이라도 사랑합시다.

내 지역이 아닌 곳의 사람도 사랑합시다.

나보다 잘난 사람도 사랑하고, 못난 사람도 사랑합시다.

나보다 부자인 사람도 사랑하고, 가난한 사람은 더 사랑합시다.

나라 사랑의 출발선은 내 이웃에 대한 사랑입니다.

이 가을 징하게 사랑 한 번 해 봅시다.

9. 우량한 사회와 건강한 사회

1970~1980년대의 분유광고에는 으레 우량한 아기가 등장했다.
살이 포동포동하게 쪄서 또래의 다른 아기들보다 훨씬 무게감이 있
어 보이는 아기만이 분유광고의 모델이 가능했던 시기다.

혹자는 '70% 이상의 사람들이
불이익을 감수하고라도 정의가 아닌 것에
반대의사를 당당히 표시할 수 있는 사회'를
건강한 사회라고 말한다.

일반적으로 우량한 기업은
수단과 방법에 관계없이 이익을 많이 내서
재무제표가 우수한 기업을 의미한다.
이에 반해 건강한 기업은
하청업체와의 관계가 건강하고
종업원들과의 관계가 건강한 기업을 의미한다.

우리 분유를 먹으면 이 아기처럼 살이 포동포동하게 찐다는 의미의 광고일 것이다.

그 당시만 해도 어른이든 아이든 살이 찐 모습은 그렇지 못한 사람들에게 있어 부러움의 대상이었다. 너무나 못 먹어서 비쩍 마른 사람들이 대부분인 시절에 살이 찐 모습은 부유함의 상징처럼 인식이 되었었다.

그 당시에는 사윗감으로도 통통한 사람이 인기였고, 40~50대의 중년들은 볼록 튀어나온 배를 더 내밀며 경쟁적으로 자랑을 했었다.

중년 남자들의 똥배라는 것이 사람들에게 인격으로 인식되던 시기였기에 가능한 일이었을 것이다.

세월이 흐르고 세상의 인식이 변하면서 이제는 우량한 사람이 아닌 건강한 사람이 사회적으로 우대받는 시대가 되었다.

개인이나 사회나 기업 모두에게 있어서 우량보다는 건강이 더 필요한 웰빙의 시대가 우리 앞에 다가온 것이다.

우량한 사회란 어떤 사회일까?

겉보기에는 다들 잘 먹고 잘 사는 것처럼 보이는 사회. 모든 지표가 선진국처럼 보이는 그런 사회를 우량한 사회라고 한다.

건강한 사회란 어떤 사회일까?

혹자는 '70% 이상의 사람들이 불이익을 감수하고라도 정의가 아닌

것에 반대의사를 당당히 표시할 수 있는 사회'를 건강한 사회라고 말
한다.

또 어떤 사람은 '빈부격차가 작고, 중산층이 두터워서 경제적으로
안정된 사회'를 건강한 사회라고 정의하기도 한다.

건강한 사회는 겉보기에 썩 괜찮아 보이는 그런 사회가 아니다.

물질이 아닌 정신이 풍요롭고, 다수의 구성원들이 진정으로 행복하
다고 느끼는 그런 사회가 건강한 사회라고 할 수 있을 것이다.

건강한 기업이란 무엇일까?

우량한 기업과 건강한 기업은 상당한 차이가 있다.

일반적으로 우량한 기업은 수단과 방법에 관계없이 이익을 많이 내

서 재무제표가 우수한 기업을 의미한다.

이에 반해 건강한 기업은 하청업체와의 관계가 건강하고 종업원들과의 관계가 건강한 기업을 의미한다.

따라서 이익을 내는 과정조차 깨끗한 기업이 진짜 건강한 기업이다.

건강함과 우량함은 이처럼 많은 차이가 있다.

21세기는 우량함의 시대가 아니라 건강함의 시대다.

소위 말하는 웰빙의 시대에 우리가 살고 있는 것이다.

사람도 건강하고 기업도 건강하고 시민사회도 건강하고 정치도 건강한 그런 나라에서 살고 싶다.

나의 조국 대한민국이 그런 나라이기를 간절히 소망해 본다.

10. 노블리스 오블리제(닭의 벼슬
달걀의 노른자)

요즘 들어서 '노블리스 오블리제' 라는 말이 자주 쓰인다.

말뜻을 그대로 풀이하면 '닭의 사명은 벼슬을 자랑함에 있지 아니하고 알을 낳는데 있다.' 는 것이다.

이것을 다시 의역하면 '사회로부터 정당한 대접을 받기 위해서는 자신이 누리는 명예만큼 의무를 다해야 한다.' 는 것이다.

사서의 하나인 '맹자의 이루 하' 편에서
맹자는 당시 으리으리한 집과 맛난 음식을 먹으며
부귀를 자랑하던 이들을 향해 과연 그들이
그러한 부귀를 얻는 방법이 정당했는지 묻고 있다.
시대를 앞서간 민본주의의 선구자 맹자는
부귀를 추구함에 있어 결과보다는
과정이 얼마나 중요한지 말하고 있는 것이다.

정조대왕 때 제주도에 거상 '김만덕' 이라는 여자가 있었다.

KBS TV드라마로도 방영되었던 '거상 김만덕' 의 실존인물이다.

2010년 3월 6일부터 6월 13일까지 KBS특별기획드라마로 방영되었으며, 제주 출신의 고두심과 이미연·한재석이 주연을 맡았었다.

김만덕은 양반가에서 2남1녀의 고명딸로 태어났으나 조실부모 하는 바람에 외삼촌의 손을 거쳐 11살에 기생의 명부에 오르게 된다. 그러나 자신이 양반가의 여식임을 알고 당돌하게 제주목사에게 기생첩에서 지워줄 것을 끈질기게 요구하여 마침내는 기생첩에서 빠져 나올 수 있었다.

그 후에 장사꾼으로서의 수완을 발휘하여 그녀는 제주도에서 거상이 된다.

1790~1794년까지 5년 동안이나 제주도는 극심한 흉년이 들고, 아사자가 속출하게 되었다. 이에 여성 CEO 거상 김만덕은 자신의 전 재산을 털어서 양곡운반선을 사고 육지에서 500석의 곡식을 사와 그 중에서 450석을 제주도 양민들에게 나누어 주어 그들의 생명을 구한다.

그녀의 유족에게는 먹고 살아갈 정도의 유산만 남겼다고 하니, 거상 김만덕은 누구보다도 먼저 이 땅에서 '노블리스 오블리제' 를 실천한 여장부라고 할 수 있을 것이다.

오늘날 이 땅에는 부의 편중 현상이 그 어느 때보다도 심각하다. 그러기 때문에 가진 자의 도덕적 의무를 강조하는 '노블리스 오블리제'

라는 말이 자주 등장한다.

우리나라에도 도덕적 의무를 다하고자 노력하는 부자들이 없는 건
아니다.

그러나 그 수가 너무 적고, 가진 자의 빈자(貧者)에 대한 오만방자한
태도가 부자들에 대한 빈자(貧者)의 혐오감과 적대감으로 표출되고
있어 심히 우려스럽다.

사서의 하나인 '맹자의 이루 하' 편에서 맹자는 당시 으리으리한 집
과 맛난 음식을 먹으며 부귀를 자랑하던 이들을 향해 과연 그들이 그
러한 부귀를 얻는 방법이 정당했는지 묻고 있다. 시대를 앞서간 민본
주의의 선구자 맹자는 부귀를 추구함에 있어 결과보다는 과정이 얼마

나 중요한지 말하고 있는 것이다.

부자들의 나눔 실천은 자신들을 위해서도 유익하다. 사회가 안정되고 부자들에 대한 시선이 존경으로 바뀐다면 자신들에게도 행복을 가져다 줄 것이기 때문이다.

보다 많은 부자들이 가난한 사람들에 대한 따뜻한 마음으로 자신의 곳간에서 일부라도 꺼내 베푼다면 물질과 정신 두 가지 모두 부자인 진짜 알부자가 될 수 있을 것이다.

부자들이 그리한다면 남에게 굳이 으스대지 않아도 남들이 알아서 존경해 주고, 그의 베풂과 선함을 그의 그릇이 남다르게 큼을 사람들이 칭송해 줄 것이다.

어떤 사람이 진짜 똑똑한 부자인지 깊이 생각해 보는 시간이 되었으면 한다.

11. 청소년이 나라의 희망이다

2011년 10월 26일에 있었던 서울시장 선거에서 우리는 이 땅의 청춘들이 무엇을 원하는지를 보았다.

그들이 원하는 것은 바로 '희망'이었다.

지금의 10~20대들을 우리는 꿈을 잃어버린 세대라고도 말한다.

그런데 이들에게서 꿈을 앗아간 것이 바로 나와 여러분들을 통칭하는 기성세대들이다.

이제 우리는 그들에게 빼앗은 꿈을 다시 돌려주는 노력을 해야 한다. 그런데 이런 노력은 기성세대들의 자기희생이 없이는 불가능하다.

얼마 전에는 금융권에서 고졸채용을 늘리겠다고 야단법석이었다.

대통령의 말 한마디에 그러겠다고 응수는 했지만 그들이 생각하는 고졸직원의 채용에 대한 내막을 자세히 들여다보면 결국은 자기 뱃속 채우기에 불과한 것이다.

그저 대졸정규직에 대한 인건비 부담을 차별화된 고졸 장기계약직으로 줄여보겠다는 것 이상은 아니었다.

몇 해 전에 일자리 나눔에 대해서 나라 전체가 떠들썩할 정도로 시끄러웠다.

기업들은 마지 못해서 나누는 시늉만 하다가 이 일은 그냥 흐지부지 해지더니 조용히 묻혀버렸다.

고임금으로 분류되는 은행, 공기업 직원의 초임삭감을 통한 일자리 나눔은 해당 기업들이 슬그머니 임금을 다시 원위치 시키는 것으로 일단락되는 모양이다. 그렇지만 고임금 그룹들의 이런 집단 이기주의가 결국에는 국가의 미래까지 어둡게 한다는 것을 우리는 잊지 말아야 한다.

이제 우리 기성세대들은 왜 젊은이들이 기성세대를 공격하며, 인터넷에서 그렇게 험한 말들을 쏟아내는지 분석하고 이해하는 노력이 필요하다.

그들의 미래가 희망적이고, 그들의 미래에 대한 달콤한 꿈이 있다면 지금처럼 기성세대들에게 적의를 드러내지는 않으리라고 본다.

부모된 자는 자신이 굶더라도 자식의 배고픔은 못 견디는 게 정상이다.

그런데 지금 우리의 젊은이들은 미래에 대한 희망을 잃고 육체적인 배고픔과 정신적인 배고픔으로 아파하고 방황하고 있다.

따라서 우리 기성세대들은 정년을 연장하기보다 젊은이들에게 희망을 주기 위해서라도 오히려 정년을 단축시키는 노력이 있어야 한다고 생각한다.

물론 그렇게 되면 노후 걱정을 하는 분들이 많을 것이다. 그러나 세상을 어느 정도 살만큼 산 우리가 젊은이들의 미래를 위해 어느 정도 고통을 감내해야 한다고 본다.

이것은 산업화의 과정에서 참으로 힘든 고비를 많이 넘기면서 대한민국을 이만큼 성장시킨 우리 기성세대들에게 너무나도 가혹한 일임에 틀림이 없다.

대한민국이 이 만큼 성장하기까지 50~60세대가 흘린 수많은 땀방울과 희생의 대가치고는 너무나 잔인한 것이겠지만, 사랑하는 내 자식들과 조국 대한민국을 위해 결국은 산업화의 주역이었던 우리가 다시 나서야 되지 않겠는가?

서글퍼서 눈물도 나지 않는 현실이 원망스러울 뿐이지만 어찌하겠는가?

기성세대들은 노후에 골프 치고 해외여행이나 다닐 생각을 버리고 대한민국의 미래인 젊은이들을 위해서라도 부모로서의 마지막 도리를 해야 하지 않을까?

설사 우리가 일자리를 잃고 100만원 미만의 소득으로 힘든 노후를 보낼지라도 사랑하는 내 자식들을 위해서, 내 조국 대한민국의 미래를 위해서 어렵지만 뭔가 결단을 내려야 하지 않을까 싶다.

12. 나무와 숲 그리고 사람

　인류역사상 인간생활에 가장 큰 변화를 가져 온 사건을 꼽으라면 아마도 그 첫 번째는 산업혁명이 되지 않을까 생각한다. 산업혁명은 생활필수품의 대량생산을 가져 왔으며, 공장에서 일하는 사람들이 늘어나면서 공장을 중심으로 주변에 대규모 도시가 형성되었다.

　그런데 세상의 모든 법칙은 얻은 것이 있으면 잃는 것이 있게 마련인데 산업혁명도 예외가 아니다. 이것은 화석연료의 대량소모를 가져 왔으며, 이로 인하여 급격한 환경파괴와 지구환경의 변화를 야기시켰다. 영국에서 시작된 산업혁명의 여파로 숲이 파괴되어 한 때는 영국 산림의 70%가 없어지는 끔찍한 결과를 낳았었다.

　그러나 이들은 생존에의 위기를 직감하고 18세기 말부터 숲 가꾸기 운동을 시작하였다. 그들이 제일 먼저 시작한 것은 큰 나무 가꾸기 운동으로 많은 나무들이 커다란 나무로 자랄 수 있도록 심혈을 기울여 가꾸었으며, 집안에는 정원을 가꾸고 거리에는 숲을 가꾸어 나갔다.

그 결과 오늘의 영국은 세계 최고의 공원국가이며, 세계에서 정원이 가장 잘 가꾸어진 나라가 되었다.

이 나라에서는 1895년에 'the National Trust Act' 라는 국민신탁법이 제정되었는데, 우리나라와는 다르게 시민들이 자발적으로 National Trust 운동을 전개하고 있다.

우리나라의 그린벨트제도가 이것을 모방하여 만들어졌으나 그 운영 방식이나 내용은 완전히 다르며, 국가 주도의 한계를 벗어나지 못하고 있어 안타까운 마음 금할 수 없다.

다행스러운 건 우리나라에도 최근에 민간주도의 National Trust가 도입되어 운영되고 있다고 한다. 나 자신이 직접 동참은 못하더라도 마음으로나마 응원해야겠다.

영국의 자연환경은 나무가 자라기에 그다지 좋지 못함에도 불구하고, 나라 전체가 공원화된 것은 숲에 대한 영국인들의 광적인 열정 때문일 것이다.

이런 이유로 영국에는 다음과 같은 속담이 있다.

"If you want to be happy for a year, plant a garden. If you want to be happy for life, plant a tree."

'일 년의 행복을 원한다면 정원을 가꾸어라. 평생의 행복을 원한다면 숲을 가꾸어라.'

이런 사람들이기에 영국인들에게는 집보다 정원이 더 중요하다고 한다.

6·25의 전화(戰禍)와 땔감으로 사용된 나무들로 인하여 한 때 삼천리금수강산은 대부분 벌거숭이 민둥산이 되었었다. 그러다가 도심에 아파트가 들어서고, 농촌 구석구석까지 기름보일러와 가스보일러가 보급되면서 숲은 생명을 되찾기 시작했고, 이제는 제법 울창하다는 소리를 들을 수 있게 되었다. 그렇지만 무분별한 개발과 땅값 상승으로 인해 법에 의존한 최소한의 면적에서만 불안스럽게 도시의 숲이 겨우 명맥을 유지하고 있는 것 또한 현실이다.

2012년 현재 한국에서 상위 1% 사람들을 제외한 일반 국민들은 정원이 있는 집이란 상상도 하기 힘들다.

도시의 집들에 있어야 할 정원이나 거리의 숲은 법적인 의무조항을 떠나 우리 인간에게 꼭 필요한 공간이다. 그러나 도시로의 인구집중과 인구밀도가 높은 대한민국에서 도시주택의 정원이나 거리의 잘 가꾸어진 숲을 바라는 것은 어쩌면 사치인지도 모른다.

그렇지만 집집마다 정원이 잘 가꾸어져 있고, 거리마다 숲이 잘 가꾸어진 공간에서 산다는 것을 상상하는 것만으로도 우리의 마음은 행복해진다. 따라서 그런 공간이 우리에게 주어진다면 우리의 삶의 질이 달라질 수 있다는 것은 자명한 일이다.

정원과 숲이 주는 정신적인 위안으로 세계 최고의 자살률을 기록하고 있는 자살공화국이라는 오명에서 벗어날 수 있고, 이웃 간에 정이 넘치던 우리의 옛 모습을 다시 찾을 수도 있을 것이다.

나무는 살아서도 죽어서도 우리에게 유익한 존재다. 또한 주목이나 은행나무, 느티나무 등은 살아서 천년 죽어서 천년을 간다고 한다.

　이런 노거수들이 도심의 곳곳에서 매일 사람들을 맞이한다고 생각해보라. 사람들이 지금처럼 오만하게 날뛰지 못할 것이다. 수백 년의 연륜이 주는 위압감에 초라해지고 숙연해지기까지 하는 자신의 모습을 보면서 사람들은 스스로를 돌아보는 계기를 가지게 될 수도 있을 것이다.

　아마존의 눈물보다 더 슬픈 대한민국 도시들의 눈물이 콘크리트건물과 거리를 우울하게 배회하고 있다. 이제는 우리도 영국의 정원과 거리 숲을 보고 배워 자연속의 삶을 살 수 있는 행복한 대한민국의 국민이 되도록 지혜를 모아야 할 것이다.

　세계에서 가장 머리 좋은 우리 국민들이기에 마음만 합한다면 충분히 가능하다고 본다.

　그날이 어서 오기를 간절히 기원해 본다.

13. 유행을 좇지 말고 나만의 꿈을 꾸자

사람들은 모두 저마다 다른 자질을 가지고 태어난다. 그럼에도 불구하고 현대사회를 살아가는 사람들은 꿈조차 유행을 좇아가는 경향이 있다. 젊은이들만 유행을 좇는 게 아니라 나이가 지긋한 중년들조차도 유행을 좇아가는 풍경이 안쓰럽다. 자신의 적성이나 소질은 생각하지 않고 마치 집단의 최면에 걸린 사람들처럼 누가 좋다고 하면 그것을 배우려고 우르르 몰려다닌다.

요즘 부모들은 특히 자식들의 타고난 소질은 생각하지 않고, 조금만 가능성이 보이면 가수, 탤런트 같은 연예인이나 돈을 잘 번다고 소문이 난 골프선수, 야구선수, 축구선수 같은 운동선수를 시키려고 혈안이 되어 있다.

자식들은 다른 꿈을 꾸는데 극성스런 부모들은 자신의 꿈을 자식들에게 강요한다. 연예인을 좋아하지만 자신이 연예인이 될 생각은 없는 아이들도 부모들의 손에 이끌려서 어려서부터 연기학원이나 대중음악학원을 드나들어야 한다. 그렇게 하지 않으면 마치 무슨 일이라도 일어날 것처럼 아이들에게 배움을 강요한다.

　세상에는 수만 가지의 직업이 있고 누군가는 현재의 사람들을 대신하여 그 일을 하게 될 것이다. 그런데 요즘은 잘 나가는 몇몇 직업에만 관심을 가지고 자신의 적성이나 능력과는 상관없이 그런 일만 하려고 하고 그런 곳에만 지원자가 몰린다.

　연기학원에서 체계적으로 연기수업을 받는 아이들만 수만 명이라고 한다. 이들 중에서 연예인의 길을 갈 수 있는 아이들은 고작 1%도 안 될 것이다.

　그들 중에는 물론 정말 재능이 있는 아이들도 있을 것이다. 그러나 대다수의 아이들은 연예인이 되겠다는 허망한 꿈에 사로잡혀서 학교 생활도 엉망으로 하고 제대로 된 연예인의 길을 가지도 못한 채 방황하는 미아가 되어 버릴 것이다. 부모의 빗나간 기대감이 청년실업자들을 늘리는데 일조하고 있다고 해도 과언은 아닐 듯싶다.

　화려한 무지개를 좇아가지 말고 자신의 꿈을 찾아가야 거기에 길이 있고 행복이 있는 것이다. 남들이 알아주지 않더라도 자신의 타고난 재능을 십분 발휘할 수 있는 곳에서 땀 흘려 일하는 그런 사람들 때문에 우리 사회가 여러 가지 어려움에도 불구하고 이만큼만이라도 유지되고 있는 것은 아닐까?

　타인의 꿈이 아닌 나만의 꿈을 꾸어야 한다. 자신이 잘 할 수 있는 분야에 도전해서 묵묵히 땀 흘려가면서 일을 해야 어느 순간에는 자신이 그 분야의 전문가로서 인정받는 사람이 될 수 있을 것이다.

꿈꾸는 중년들도 남들이 좋다고 하는 것만 좇지 말고, 진정 '내가 죽기 전에 꼭 하고 싶었던 나만의 꿈'을 꾸어야 한다. 그것이 자신을 행복하게 하고, 늦게나마 자신의 재능을 활짝 꽃피울 수 있는 유일한 방법일 것이다.

유행가 가사처럼 '유행 따라 사는 것도 제 멋'이겠지만 제발 정신 차리자.

사람들에게는 각자 타고난 재능이 다르다는 것을 인정해야 한다. 자신이 가지고 태어난 재능이 무엇인지 제대로 들여다보고, 허황된 망상이 아닌 자신의 무한한 가능성에 도전하는 그런 참된 삶을 사는 여러분들이 되었으면 한다. 꿈을 성취할 수 있다면 더할 나위 없이 기쁘겠지만, 설사 그 꿈을 끝내 못 이룬다고 하여도 '그대 도전하였으므로 충분히 아름다운 삶이었노라'고 당신을 제대로 아는 세상이라면 그렇게 기억할 것이다.

PART IV

방송, 연예

1. 위기를 기회로 바꾼 가왕(歌王) 조용필

진정한 예인(藝人)이 드문 시대에 유독 눈에 띄는 한 사람 조-용-필.

정치나 사업에 한 눈 팔지 않고 오롯한 외길인생을 걸어 온 가왕이라는 별칭의 조용필.

가장 전성기일 때 가요순위 경쟁에서 스스로 물러나는 용단을 보여줬던 그를 우리는 '작은 거인' 이라고도 부른다.

작사, 작곡에 무대연출 하나하나까지 세심하게 체크하며 환갑이 넘

봄의 따사로운 향연과

여름날의 폭염 같은 뜨거움과

가을 하늘의 청량한 아름다움과

눈 내리는 겨울의 따뜻한 질화로 같은

그의 음악을 언제까지나 들을 수 있기를 간절히 바랄 뿐이다.

은 나이에도 전국투어콘서트를 하는 그의 열정을 보면 저절로 고개가
숙여진다.

그는 한 때의 실수(대마초사건)를 자신의 도약을 위한 시간으로 사
용하여 3년간 판소리와 창을 배우고, 작곡을 배워서 자신이 작곡한
'창밖의여자' 와 '단발머리' 로 1980년도에 단숨에 가요계를 평정했다.
김청산, 이건태, 이호준, 곽경욱, 김택환과 보컬 조용필로 구성된
'위대한 탄생' 의 신화는 그렇게 시작되었다.

그의 음악은 한 장르에 머무르지 않고 다양한 장르를 넘나들며 가왕

으로서의 면모를 여지없이 보여주고 있다.

발라드, 락, 트로트와 창에 이르기까지 이토록 다양한 장르의 음악을 소화하는 가수가 과연 다시 나올 수 있을까 싶은 생각이 든다.

1950년생으로 환갑을 넘긴 가왕 조용필.

음악과 결혼한 그이기에 결혼생활은 그리 순탄치 못했지만 조용필은 오늘도 행복한 웃음을 지으며 자신의 길을 꿋꿋하게 걸어가고 있다.

아직도 그는 콘서트에 수만 명의 청중을 동원하는 막강한 힘을 가지고 있다.

2일간 10만 명이 참석한 잠실콘서트는 인기절정의 아이돌 가수도 못하는 일이다.

조용필이 아닌 누가 이런 티켓파워를 가지겠는가?

'단발머리'나 '여행을 떠나요', '미지의 세계' 같은 노래는 30년이 지난 지금 들어도 시대에 뒤떨어진다는 느낌이 안 들 정도로 시대를 뛰어넘는 세련미가 있다.

'친구여'나 '그 겨울의 찻집'은 조용한 음악을 좋아하는 사람들에게는 나이를 떠나 좋아할 수 있는 노래인 것 같다.

요즘 가수들은 대다수가 나이 40만 되어도 2시간의 콘서트가 벅차다고 말한다.

그에 비해서 환갑을 넘긴 나이에도 2시간이 넘는 콘서트에서 다양한 장르를 소화하며 열창하는 대선배 조용필을 보면 그저 경이로울 뿐이라고 말한다.

　애끓는 가슴으로 노래하는 '님이여', '간양록'을 들으면 마음마저 숙연해진다.

　봄의 따사로운 향연과

　여름날의 폭염 같은 뜨거움과

　가을 하늘의 청량한 아름다움과

　눈 내리는 겨울의 따뜻한 질화로 같은

　그의 음악을 언제까지나 들을 수 있기를 간절히 바랄 뿐이다.

2. 뿌리 깊은 나무의 세종 이도와 문자이야기

한 나라의 문자가 누군가에 의해서 의도적으로 만들어지고 성공적으로 그 나라의 문자로 정착한 예는 한글이 유일무이하다고 한다. 그만큼 한글창제는 인류문화사적인 측면에서도 그 의미가 매우 큰일이었다고 할 수 있다. 그런 관계로 한글의 세계문화유산 등록은 너무도 당연한 일이었다.

우리가 사용하고 있는 문자는 그냥 문자가 아니다. 문자가 정치사회적으로 미치는 힘의 크기는 가늠하기조차 힘들 정도로 크다.

지구의 절반을 정복하고 거대한 제국을 건설했던 몽골의 원나라는 원 세조가 거대한 제국을 통치하기 위해 티베트출신의 승려를 시켜서 티베트 문자를 개량한 표음문자 파스파를 만들고 원의 국서로 선포했지만 한자에 밀려서 정부의 공식문서를 제외한 모든 분야에서 거의 사용되지 않았었다.

국민들이 사용하지 않는 문자는 문자로서의 힘이 지극히 제한되어서 몽골제국은 결국 중국대륙을 완전히 지배하는데 실패하게 된다. 따라서 파스파는 원제국의 멸망과 함께 자신의 조국인 몽골에서조차 버림을 받고 지구상에서 사라졌다.

어떤 문자를 사용하는가에 따라서 권력의 지도가 달라진다. 원제국의 멸망 후에 몽골의 신흥세력은 구세력을 몰아내기 위해서 황제 테무진의 후예들이 사용하던 문자를 폐하고 위구르계통의 표음문자를 몽골문자로 채택하게 된다.

이처럼 문자는 권력지도와 밀접한 관련이 있다. 고려를 무너뜨리고 조선을 건국한 태조 이성계가 왕으로 추대되기는 했지만 실질적인 권력은 정도전과 사대부에 있었다.

태종 이방원은 불안한 왕권을 사대부로부터 지켜내기 위해서 정도전과의 싸움을 벌였고 정도전을 제거하는데 성공한다.

하지만 조선은 여전히 사대부들의 힘이 막강하여 왕권과 신권은 세력균형을 유지한다.

이러한 사정을 왕자시절부터 겪어온 세종 이도는 백성들의 힘으로 사대부들을 견제하고자 백성들을 위한 글자를 창제하기에 이른다. 물론 백성들의 힘이 커지면 종국에는 왕권도 위협을 받을 수 있음을 생각했었겠지만 세종의 선택은 백성들의 힘을 키워주는 쪽을 택하게 된 것이다.

그러나 세종 이도의 이러한 생각이 500년의 세월이 지나고 나서야 비로소 빛을 발하게 되는데, 문자가 정착하기까지 얼마나 힘든 과정을 거쳐야 하는지를 여실히 보여주는 좋은 예라고 할 수 있다.

글자를 통해서 백성들이 힘을 가지고, 왕이 그 백성들을 직접 통치하는 것은 오늘날의 대통령제나 입헌군주제와 유사하지 않을까 싶다.

노비제도를 두고 사·농·공·상의 신분제를 확고히 하여 사대부의 나라를 영원히 이어가려고 했던 정도전의 노력은 결국 세종의 한글창제로 20세기에 이르러 완전히 무너지게 된 것이다.

그렇지만 조선왕조의 공식문자는 한글창제 후에도 상당기간 한자가 그 자리를 차지하고 있었기에 한자와 유학이라는 학문을 무기로 한 사대부들의 권력독점이 500년 이상 지속될 수 있었던 것이다.

문자를 독점하고 있는 사대부들의 막강한 힘은 항상 왕권에게는 최대의 위협이 되는 요인이기에 조선왕조 500년 동안 신권과 왕권을 둘러싼 피비린내 나는 권력암투는 지속되었다.

조선왕조 말기에는 신권이 절대적인 우위를 점하면서 왕은 꼭두각시에 불과하게 되고 왕들의 잇따른 의문사는 신권에 의해서 치밀하게 이루어진 것이 아닐까 추측할 수 있을 뿐이다.

세종 이도가 조선의 문자 한글을 창제한 것은 백성의 힘을 길러주고 그 백성의 힘으로 사대부들이 누려온 독점적인 문자권력을 해체하기 위한 고도의 정치적 행동이었다고 할 수 있다.

세종이 어떤 의도로 한글을 창제하였든 그것과는 별개로 분명한 것은 정치적 위험을 무릅쓰고 그가 창제한 한글의 혜택으로 인해 국민들이 정부에 대항하는 힘을 가지게 되었고, 전자산업이 비약적으로 발전하고 세계적인 경쟁력을 갖추게 되었다는 것이다.

우리말은 세계에서 제일 배우기 힘들다. 하지만 우리 문자인 한글은 세계에서 제일 배우기 쉬운 문자다. 표음문자인 한글은 뜻을 모르더라도 문자로 표현하는 데 하루나 이틀이면 가능하다. 그래서 우리말을 모르는 외국인들도 한글은 쉽게 읽는다.

이제 한글이라는 글자는 세계에서 가장 과학적인 글자로 인정받고 있다. 우리는 이러한 문자를 독자적으로 쓰는 자랑스러운 나라의 국민들이다.

세종대왕 이도가 만든 한글을 기념하는 한글날은 3·1절보다도 중요하고 제헌절이나 어린이날보다도 훨씬 중요한 날이다.

이러한 세계문화유산 한글이 창제되어 반포된 날이 국가공휴일이 아니라는 것은 지나가는 강아지가 웃다가 배꼽이 빠질 일이다.

한글날의 국가공휴일 제정을 위한 국민적인 관심과 노력이 절실히 필요한 때가 아닌가 한다.

국민 여러분!

한글날은 반드시 국가공휴일이 되어야 합니다.

세종대왕 이도가 살아계셨다면 아마도 이렇게 말했겠죠.

"한글날이 휴일이 아닌 기념일이라니? 젠장, 아주 지랄을 해요."

3. 길흉화복과 인생사

김국환이라는 가수가 1992년에 발표한 노래 중에 '타타타' 라는 노래가 있다. 이 노래가사가 너무 멋있어서 한동안 이 노래를 즐겨들었던 기억이 난다.

"…… 산다는 건 좋은 거지 수지맞는 장사잖소. 알몸으로 태어나서 옷 한 벌(수의를 뜻함)은 건졌잖소. 우리네 헛짚은 인생살이 한세상 근심걱정 없이 살면 무슨 재미 그런 게 덤이잖소……."

여기서 덤이라고 한 건 근심걱정을 의미한다. 말인즉슨 한평생 살아가면서 하는 근심걱정도 인생사 덤이니까 너무 힘들어 하지 말고 감사하게 생각하며 살아가라는 것이다.

나는 살아오면서 이렇게 멋있는 노래가사는 처음 접해보았다.

그 옛날 중국의 사상가 장자가 무덤에서 살아나온 것 같은 느낌을 받았다.

나도 IMF 이후에 생라면을 먹으면서 버틴 적이 있다. 그 땐 왜 하늘은 나에게만 유독 모진 시련을 주는지 하늘을 보면서 원망을 쏟아놓은 기억이 있다. 그런데 지나고 나니 그런 어려웠던 시간들이 오히려 나에게는 축복이었다는 것을 깨달았다.

그런 어려운 시간이 없었다면 그냥 보통사람들처럼 가장으로서 돈만 벌어다 주면 된다는 생각으로 살았을 것이기 때문이다.

그 어려운 시간들이 내 인생을 돌아보게 했고, 남들처럼 자식에게 경제적인 윤택함을 주지 못하는 대신 다른 모습으로 아버지를 자랑스럽게 생각하게 하자는 생각을 했다.

그래서 장편소설을 썼고 2011년 봄에 출판사를 통해 출간했다.

그렇게 소설가로 첫걸음을 내딛었고, 시인으로 등단도 했다.

여기서 덤이라고 하는 것은
근심걱정을 의미한다.
말인즉슨 한평생 살아가면서 하는 근심걱정도
인생사 덤이니까 너무 힘들어 하지 말고
감사하게 생각하며 살아가라는 것이다.

사업에 실패해서 쪽박을 찬 사람들이 그 시련을 딛고 성공한 경우를 우리는 수없이 보아왔다. 오늘 나에게 닥친 시련이 견디기 힘든 고통일지라도, 그 시련을 잘 극복하면 오히려 다른 기회가 생길 수도 있다는 것을 보여주는 사례라고 생각한다.

쇼트트랙에서 실패하고 장거리 스피드스케이터로 대성공을 거둔 동계올림픽 영웅 이승훈 선수. 강변가요제에서 대상을 받고도 주저앉았다가 울면서 마지 못해서 택한 트롯가수의 길이 대박을 치며 걸어 다니는 중소기업이 된 가수 장윤정 등이 그들이다.

연예계에서는 오랜 시간의 무명생활 끝에 성공한 스타가 오래도록 사람들에게 사랑받는 경우를 많이 본다.

그 긴 시간 동안 무명시절을 겪으면서도 좌절하지 않고 눈물 젖은 빵을 먹으면서 내일을 꿈꾼 결과 성공한 탤런트 성동일이나 영화배우 겸 탤런트 김명민. 드라마나 영화의 단역 등 먹고 살기 위해 뭐든 했었다는 '무조건' 의 가수 박상철. 40이 넘은 나이에 가수로서 성공한 현철 등이 사글세방에서 라면에 마른 빵을 먹으며, 견딘 결과 성공한 사람들이다.

스포츠 쪽에서는 어깨를 다쳐서 투수로서의 생명이 끝났다고 진단한 선수가 타자로 전향해서 최고의 위치에 오른 메이저리거 추신수, 아시아의 홈런왕 이승엽, 롯데의 이대호 등의 야구선수가 대표적인 경우라고 할 수 있다. 이외에도 전화위복의 기회를 잡은 선수는 일일이 열거할 수 없을 만큼 무수히 많이 있다.

내 앞에 참으로 견디기 힘든 시련이 있을지라도 "이것은 나를 단련시키기 위해서 하늘이 내게 준 기회다." 라고 생각하고 잘 극복하면 분명히 오늘이 힘들다고 생각하는 분들에게도 기회가 될 수 있다. 내 앞길에 놓인 걸림돌이 있을지라도 불평만 하지 말고, 슬기롭게 잘 넘어가면 내게는 고마운 디딤돌이었다고 생각될 것이다.

김국환씨의 노래처럼 '그래도 죽을 때 수의 한 벌은 건지지 않나?' 라는 생각으로 오늘의 시련을 극복하면 여러분들에게도 분명히 밝은 미래가 있을 것입니다.
인생사 길흉화복이란 거 다 생각하기 나름입니다.

4. 다시 보고 싶은 김연아의 오마주 코리아

　러시아에서 열린 2011년 세계 피겨선수권대회에서 1년만에 출전한 김연아 선수는 쉬운 곡이 아닌 아리랑을 바탕으로 한 '오마주 투 코리아'를 선택했다.

　오마주는 경의, 존경이라는 뜻의 프랑스어다.

　한국 드라마음악계의 거장인 작곡가 지평권씨가 곡을 쓴 오마주 투 코리아는 〈한국음악의 세계화〉라는 기치를 내건 다울프로젝트의 일환으로 쓴 것으로 세계적으로 유명한 미국의 영화음악 작곡가인 로버트 버넷과 공동으로 편곡을 하였다.

　국악과 양악의 크로스오버를 통해 현대적 감각으로 편곡한 이 곡은 오케스트라로 편곡된 몇 안 되는 아리랑 중의 하나라고 할 수 있다.

　그러나 유감스럽게도 이 곡은 심사위원들의 귀에 익숙하지 않은 관계로 감점이 될 수도 있다는 사실은 오랫동안 피겨선수생활을 해온 우리의 김연아가 충분히 예상할 수 있는 일이었을 것이다. 그럼에도 불구하고 그녀의 고집은 '오마주 투 코리아'를 선택하게 했다.

그 결과 일본의 안도미키가 우승을 하고 그녀는 2등을 했다.

만약 김연아가 이번에 오마주 코리아가 아닌 다른 곡을 선택했었다면 그녀의 실수에도 불구하고 우승은 김연아의 것이었을 것이라고 나는 확신한다.

김연아는 아름다운 선과 아담한 몸매에서 나오는 피겨동작으로 항상 예술부분에서 월등히 높은 점수를 받았다. 따라서 그녀가 근소한 점수 차이로 우승을 놓친 것은 낯선 음악 때문이 아니었을까 추측해 볼 수 있다.

그날 아리랑을 바탕으로 한 '오마주 투 코리아'의 유연한 선율에 김연아의 동양적인 아름다운 몸매와 몸짓이 어우러져서 그녀는 아주 근사한 한 폭의 동양화를 그려냈다.

한국과 조국의 문화를 알리려는 선택으로 그녀는 낮은 점수를 받아 우승을 하지는 못했지만 그녀는 우승보다 값진 것을 국민들에게 선사했다. 역시 김연아는 대한민국의 자랑스러운 딸이었다.

평창 동계올림픽 유치전에서 맹활약하며, 또 한 번 조국에 기쁨을 선사한 김연아!

그녀가 펼쳐 보이는 오마주 코리아를

다시 듣고 싶다.

다시 보고 싶다.

5. '나가수' 라는 프로가 바꿔놓은
가요계의 물줄기

H.O.T의 등장은 한국가요시장의 대세를 소리에서 비주얼로 바꾸어 놓았다. 가창력과는 관계없이 화려한 의상과 율동을 하는 댄서들이 가요시장을 지배한 20년이라는 긴 시간은 음악의 다양성이라는 측면에서 한국 가요의 암흑기나 다름없었다.

그런 가요계에 변화의 바람이 불기 시작했다.

시발점은 '슈퍼스타K' 라는 가요오디션프로였다.

반응은 가히 폭발적이었다.

그러나 그것만으로는 뭔가 부족했다.

본격적으로 지상파 프로에서 그야말로 가창력 하나로 서바이벌 게임을 방불케 하는 치열한 경연의 장이 펼쳐졌다.

박정현이란 여가수를 다시 보는 계기가 되었다.

김연우, BMK 등의 실력파 가수들이 경연에서 탈락하는 모습을 보면서 가수들의 또 다른 면을 보게 되었다.

임재범, JK 김동욱 등이 얼마나 대단한 가수인지도 국민들이 '나가수' 를 통해 알게 되었다.

아이돌 가수들에 비해 나이가 한참 많은 가수들인 중년(?)돌 가수들의 음원이 판매시장의 상위권을 휩쓰는 현상을 통해 가요시장의 변화를 느낄 수 있었다.

아이돌 가수들이 중견가수들의 노래를 직접 부르는 '불후의 명곡'이라는 프로를 통해 아이돌 가수들도 이제는 가창력이 뒷받침되어야 한다는 것을 기획사들도 인식하게 되었다.

이제는 단순히 화려한 볼거리, 눈요기만 제공하는 댄서들은 가요시장에서 오래 버티기가 힘들게 되어 버렸다.

'나가수' 라는 프로가 시청률이 적게 나온다고 언론에서 떠들어 대지만, 담당PD님은 신경 쓰지 마세요. 당신은 이미 큰일을 해내셨습니다. 절대로 시청률에 연연하지 마시고 당신의 소신껏 프로를 만드세요. 7080세대들이 가요시장을 다시 찾는 계기를 만들어 준 당신에게 감사의 박수를 보냅니다.

이제는 가창력 있는 어린 가수들이 속속 등장하고 있다. 그들로 인하여 가요시장이 점차 정상화 되어갈 것이라는 믿음이 생겼다.

슈퍼스타 K를 통해 실력이 입증된 통기타 가수 장재인과 그룹 포맨의 신용재, 다비치의 이해리와 강민경, 판소리로 목을 틔운 알리, 매력적인 목소리의 스윗소로우, 2AM, 2PM 같은 실력 있는 가수들이 속속 등장하고 있습니다.

그동안 왜곡되었던 가요시장은 그들로 인해 점차 제 모습을 찾아갈 것입니다.

오랜만에 다시 뭉쳐 TV에서 모습을 보여준 송창식, 윤형주, 김세환, 조영남, 이장희 등 세시봉 출신 가수들에게 보여준 국민들의 열화와 같은 호응은 우리 가요시장에서 국민들이 진정으로 원하는 게 무엇인지를 극명하게 보여준 하나의 사건(?)이었습니다.

쓰레기통에나 버릴 해괴한 노래들은 버리고 노래다운 노래를 만들어 뮤직뱅크 같은 가요프로그램이 더 이상 10대들의 전유물이 되지 않도록 합시다.

아이돌 가수들과 중견가수들이 한데 어울려서 가요순위를 다투는 그런 날이 오기를 기대해 봅니다.

6. 남자의 자격 '청춘합창단'

'청춘합창단' 이라는 말이 중년들의 가슴을 뛰게 만들었다.

나이 50이 넘는 사람들로 구성된 합창단의 이름이 청춘합창단이다.

결국 50~60대 중년들에게 청춘이라는 날개옷을 달아준 것이다.

우리나라에서 가장 인구비중이 높은 연령집단인 베이비부머 세대가
바로 이들이다.

우리나라에서 6·25전쟁 이후 1955년~1963년 사이에 태어난 사람들
을 '베이비부머세대' 라고 하며, 2011년도 현재 만 48세~56세인 베이
비부머세대는 720여 만 명으로 전체 대한민국 인구의 14.7%를 차지하
여 대한민국에서 연령대별 인구 비중이 가장 큰 집단이다.

이들은 한국의 산업화와 민주화를 이끈 한국 현대사의 실질적인 주
역들로서 정치·사회적 영향력이 큰 세대들이다.

또한 자녀교육과 부모부양의 책임을 동시에 지고 있는 마지막 세대
이며, 고령화시대에 직면하여 노후를 준비해야 하는 첫 번째 세대이기
도 하다.

가장 큰 사회변혁을 몸으로 겪고, 이제 자신의 노후를 스스로 책임져야 한다는 무거운 책임감이 이들의 어깨에 걸려있다.

이러한 세대들인 50대들에게 청춘이라는 가슴 뛰는 단어를 붙여준 것은 참으로 감사할 일이다. 위로는 부모와 아래로는 자식만을 위해서 쉼 없이 달려오다 보니 정작 자신들에게는 제대로 투자도 하지 못하고 반백의 나이로 접어든 이들에게 우리 사회는 아낌없는 위로와 격려를 해줘야 한다고 본다.

'남자의 자격' 이란 프로가 2기 합창단을 모집하면서 50세 이상 중년들로 합창단을 구성한다는 소식을 들었을 때 '참 괜찮은 프로구나' 하는 생각을 했다.

박칼린씨가 이끈 1기 청춘합창단이 준 감동을 김태원이 이끄는 2기 합창단이 제대로 이어갈 수 있을까 걱정했는데, 역시나 그것은 기우였다. 부활의 김태원이라는 음악마술사라면 능히 그 일을 해낼 거라는 믿음이 있었지만 한 편으로는 걱정이 드는 것도 사실이었다.

격변의 한국사회를 맨몸으로 겪은 50대와 김태원이기에 가능했었는지도 모른다.

이들이 만들어갈 합창은 단순한 음악적 합창이 아닐 것이다.

앞만 보고 달려 온 50대 베이비부머들이 부르는 희망의 합창이 될 것이다. 외모와는 달리 여린 감성으로 아름다운 노랫말과 곡을 써 온 부활의 김태원이라는 음악마술사가 보여줄 환상의 세계가 기다려진다.

P.S:이들은 2011년 전국 합창대회에 참가하여 입상을 하였다.

7. 천일의 약속, 사랑과 연민 그 모호한 경계선에 대하여

국어사전을 보면 사랑에 대하여 다음과 같이 기술하고 있다

1.이성의 상대에게 끌려 열렬히 좋아하는 마음 또는 그 마음 상태

2.사람을 아끼고 소중히 여기는 마음

3.남을 돕고 이해하려는 마음

4.어떤 사물이나 대상을 몹시 아끼고 귀중히 여기는 마음. 이에 반해서 연민은 불쌍하고 가련하게 여기는 마음이라고 되어 있다.

SBS의 월화드라마 '천일의 약속' 은 김수현 작가가 글을 쓰고 수애(이서연), 김래원(박지형), 이상우(장재민) 가 주연을 맡은 드라마다. 이 드라마에서 서연과 계약연애를 한 지형은 결혼을 앞두고 서연과 이별을 고하지만, 서연에게 치명적인 병이 있다는 것을 알고는 애초의 결혼상대자에게 등을 돌리고 서연에게 돌아가는 내용이 큰 줄거리를 구성하고 있다.

지형은 서연과의 결혼이 어떤 의미인지, 거기에 따르는 대가와 희생이 얼마나 큰지를 알면서도 결국 서연에게로 돌아간다. 서연은 서연대로 지형이 자신 때문에 인생을 허비하는 걸 거부하지만 결국은 두 사람은 결혼까지 하게 된다.

지형의 어머니가 지형을 설득할 때 동원한 논리 중의 하나가 '연민은 사랑이 아니라 동정일 뿐이다.' 라는 것이었다.

이렇듯 많은 사람들은 사랑과 연민은 다르다고 주장한다.

조지 베일런트도 그의 저서 '행복의 완성' 에서 사랑과 연민은 다르다고 기술해 놓았다. 사랑 예찬론자들도 당연히 사랑과 연민은 다르다고 단언하여 말한다.

그러나 솔직히 나는 잘 모르겠다. 과연 상대에 대한 관심과 배려가 없는 연민이 있을까? 상대가 신경 쓰이고 그래서 그 상대에게 관심을 가지고 배려하는 행동 또한 넓게 보면 사랑의 한 행동이라고 할 수 있다.

상대를 아끼고 소중히 여기는 마음 또한 사랑이라면 연민과 사랑의 경계선은 상당히 모호하다고 할 수 있다.

이렇게 놓고 보면 사랑 예찬론자들이 말하는 사랑은 순수한 의미의 사랑을 의미하는 게 아닐까 생각되어진다. 그렇지만 사랑에 순수 비순수란 있을 수 없다고 보는 게 내 생각이다.

사랑은 사랑일 뿐 순수 비순수가 무슨 의미가 있겠는가? 사랑이냐 아니냐는 있을 수 있어도 사랑에 순수 비순수는 없다고 생각한다.

사랑과 연민은 다르다고
무 자르듯이 구분할 필요는 없을 것 같다.
내가 없어도 될 사람과
내가 없으면 안 되는 사람의 사이에서
내가 꼭 있어야 할 사람에게로 향하는
지형의 행동 역시 사랑임에 틀림이 없다고 본다.

그렇게 보면 사랑과 연민은 100% 동일한 같은 의미는 아니지만 수학적인 표현을 빌리면 분명히 교집합적인 부분이 존재한다고 본다.

연민의 또 다른 표현은 정이라고 할 수 있다.

사랑과 연민의 관계는 또 다른 재미있는 부분이 있다.

우리는 흔히 이렇게 말한다.

'사랑하는 사람과는 헤어질 수 있어도 정든 사람과는 헤어질 수 없다.'

심수봉의 명곡 '그 때 그 사람'에는 이런 가사가 나온다.

"사랑보다 더 슬픈 건 정이라며 고개를 떨-구던 그 때 그 사람"

뜨겁게 사랑을 하던 커플도 사랑이 식으면 종종 이별을 한다. 그런데 너무도 깊게 정이든 커플은 이별을 하지 못하고 주저주저하다가 결혼을 하기도 한다.

절대적인 것은 아니지만 일반적으로 사랑의 유효기간은 18개월이라는 통계가 있다고 한다. 물론 사람에 따라서는 수십 년 되는 경우도 있지만 일반적인 경우에 그렇다는 것이다.

아무리 없으면 죽고 못 살 것 같아서 결혼한 부부도 세월이 지나면 사랑은 어느덧 소리 없이 저만치 멀어지고 남는 것은 정밖에 없다고들 한다.

물론 정으로 살다가 보면 또 어느 순간에는 다시 사랑하는 감정이 생기기도 할 것이다. 그렇게 사랑으로 정으로 사랑으로 또 다시 정으로 시간을 이어가면서 살아가는 것이 부부가 아닐까 싶다.

사랑과 연민은 다르다고 무 자르듯이 구분할 필요는 없을 것 같다.

내가 없어도 될 사람과 내가 없으면 안 되는 사람의 사이에서 내가 꼭 있어야 할 사람에게로 향하는 지형의 행동 역시 사랑임에 틀림이 없다고 본다.

사람과의 관계에서 사랑이 먼저일 수도 있고 연민이 먼저일 수도 있는 것이다.

그렇기 때문에 사람 사는 세상에서 굳이 순수 비순수, 이거냐 저거냐를 따지면서 소모적인 감정 낭비나 시간 낭비를 할 필요가 없을 것 같다.

내가 더 사랑하고 많이 베풀면서 그렇게 한 세상 살아가면 그만인 것을……

8. 울랄라세션과 슈퍼스타K3

2011년 M-net '슈퍼스타K3'가 울랄라세션의 우승으로 그 화려한 막을 내렸다.

대한민국에 오디션 열풍을 일으킨 진원지인 M-net은 케이블 채널임에도 불구하고 슈퍼스타K 시리즈로 대단한 성공을 거두었다.

올해의 우승자인 울랄라세션은 2008년에 싱글앨범을 발표한 이력으로 인해서 출전자격이 있는지에 대한 논란도 있었다. 결론적으로 말하면 첫 앨범으로 쪽박을 차서 빚더미에 앉았으며, 지방파방송에 데뷔도 못해보고 무대가 있는 곳이면 달려가는 무명의 행사가수로 있었기에

일부 멤버들은 15년을 함께 했다는
이들의 오랜 팀워크와 좌절을 딛고 일어선
멤버들의 음악에 대한 열정이 그대로 전달되어져서
TV를 보는 내내 행복했었다.

참가자격 논란은 무의미한 것이라고 할 수 있다.

지금은 4명이지만 당시에는 5명이었던 멤버 전원이 무대에 오르기 위해 무보수로 미사리 카페에서 자신들의 음악적인 열정을 불태웠던 이들이 바로 울랄라세션이다.

혹자는 임윤택이 위암 4기인 것을 적절히 이용하지 않았냐는 의혹을 보냈지만, 그가 건강한 리더였으면 훨씬 훌륭한 무대를 보여주지 않았을까 하는 점에서 이 역시 의미 없는 논쟁이라고 할 수 있을 것이다.

그들은 절대로 동정심으로 우승을 한 것이 아니라는 확신도 들었다. 하루에 2~3시간 밖에 잠을 못자면서도 연습에 연습을 거듭하면서 기본기를 착실히 다진 4명의 멤버들은 심사위원인 라이브의 황제 이승철씨의 말대로 이미 말이 필요 없는 프로 중의 프로였기에 우승에 대한 논란은 일부 호사가들의 입방아에 불과한 것이다.

신중현의 '미인', 비의 '나쁜 남자', 이승철의 '서쪽 하늘'에서 이들은 무대연출과 춤, 노래 등의 모든 면에서 여타 참가자들을 압도했었다. 세 번의 슈퍼세이브 획득은 슈퍼스타K에서 처음 있는 일이었다. 가장 인상에 남는 것은 역시 박진영의 노래인 '스윙 베이비'였다.

한 편의 뮤지컬을 보는듯한 느낌을 준 스윙 베이비는 박진영이 못 보여줬던 부분까지 보여주며 시청자들에게 감동을 준 최고의 무대였다고 할 수 있다.

일부 멤버들은 15년을 함께 했다는 이들의 오랜 팀워크와 좌절을 딛고 일어선 멤버들의 음악에 대한 열정이 그대로 전달되어져서 TV를 보는 내내 행복했었다.

이들이 하루 빨리 프로무대로 가서 음악적인 열정과 끼를 발산하는 모습을 보고 싶다. 그래서 울랄라의 정식 데뷔무대가 기다려진다. 50대의 나이에 어린 친구들의 데뷔 모습이 기다려지는 게 이상한 것인지 모르겠지만 처음 있는 일임에는 틀림이 없다.

특히 위암 4기를 극복하고 끝까지 무대에 오른 리더 임윤택에게 큰 박수를 쳐주고 싶다.

암에 대한 공포를 무대에 오르다가 죽겠다는 열정으로 이겨낸 그의 용기 있는 결단에 찬사를 보낸다. 그 옛날 세시봉 친구들처럼 사람들에게 제대로 된 감동을 주는 가수가 될 것을 믿어 의심치 않는다.

젊은 날의 실패는 실패가 아니라 자산이다. 그래서 20대의 청년들은 실패를 두려워하지 말고 자신의 꿈을 향한 과감한 도전이 필요하다. 설사 몇 번의 도전에서 거듭해 실패를 하더라도 좌절하지 않으면 실패를 통해서 얻은 경험들이 큰 자산이 되어 훗날 성공을 지키는 든든한 버팀목이 될 것이다.

제2의 세시봉 친구들이라고 불러주고 싶은 임윤택, 박승일, 김명훈, 박광선 등 4명의 울랄라세션 멤버들이여!
청춘의 날개를 활짝 펴고 힘차게 비상하라!

9. 대한민국의 문화권력 여류방송작가

작금의 지상파방송이 국민들의 생활에 미치는 영향력은 실로 지대하다 아니할 수 없다.

'스타킹' 이라는 TV프로를 통해서 유명해진 사람, '남자의 자격' 이나 '아침마당' 을 통해 이름이 알려진 사람들을 우리는 종종 볼 수 있다. 사람들에게 전혀 알려지지 않은 무명인들이 방송출현 후에 갑자기 유명인사가 된 경우를 심심찮게 보게 된다. 이렇듯 방송은 현대를 살아가는 사람들에게 미치는 영향력이 막강하다.

지상파방송의 드라마가 국민생활에 미치는 파급효과도 마찬가지다.

배꼽티가 드라마를 통해 처음 전파를 탔을 때만해도 다소 충격이었는데 이제는 일반적인 상황이 되어버렸다. 80년대 말부터 드라마에서 1~2자녀가 대세로 등장하더니 어느새 그것이 보편적인 가정의 모습이 되어버렸고, 며느리를 구박하던 시어머니가 방송에서 며느리에게 구박당하는 모습으로 바뀌더니 이것 역시 일반적인 가정의 모습이 되었다. 요즘 드라마에서는 이혼한 아기엄마와 총각의 결혼이 계속해서 등장하고 있는데 이것도 얼마 지나지 않아 우리의 일상적인 모습이 될 것 같다는 생각이 든다.

왜일까? 드라마를 통해서 잘 포장된 상황들이 일반 시청자들에게 거부감 없이 받아들여지게 되는데서 연유한 것이라고 본다.

이러한 드라마를 쓰는 스타작가의 대부분이 여자들이다. 따라서 이 여류 드라마 작가들의 손에 의해 장래의 대한민국 가정의 모습이 만들어진다고 해도 과언은 아니다.

현재 여류 드라마 작가들은 대한민국의 문화를 만들어 가는 막강한 힘을 가지고 있다. 그래서 이들에게 간절하게 당부드리고 싶은 게 있다. 이제는 5~6명의 자식들을 거느리고 다복하게 사는 조금은 별난 우리네 가족들의 모습, 과외를 안 하고도 좋은 대학에 입학하는 가난한 가정의 성공적인 모습, 현대에도 3~4대가 한데 어울려서 잘 살 수 있는 그런 모습, 대학 진학보다는 전문계고를 졸업하고 기술인으로서 성공하는 모습 등을 잘 포장해서 드라마를 만들어 달라는 부탁이 그것이다. 여류 드라마 작가들이 그렇게 해 준다면 우리 사회가 좀 더 건강한 사회가 되지 않을까 싶다.

요즘은 대부분의 학교에서 가난한 아이들이 왕따를 당하는 게 일반적인 모습인데, 밝고 건전한 청소년드라마를 통해서 옛날처럼 약하고 가난한 학우들과 힘 있고 부자인 학우들이 한데 어울려서 돈독한 우정을 나누는 그런 모습을 자주 그려주었으면 하는 바람을 가져 본다.

너무 시류만을 좇지 말고 아주 가끔씩은 우리 사회가 가야할 방향을 드라마를 통해 보여준다면 그 사람은 단순한 방송 작가가 아닌 이 시대의 문화를 이끄는 진정한 문화대통령이라고 할 수 있을 것이다.

그런 방송 작가들은 돈벌이에 급급해 가짜로 자신을 포장하는 문화대통령이 아닌 우리시대의 진짜 문화대통령이 될 수 있을 것이다.

대한민국의 여류 방송 작가님들!

부디 우리 국민들을 올바르게 이끌 수 있는 그런 드라마를 만들어 주십시오. 대한민국 국민의 한 사람으로서 간곡히 부탁드립니다.

PART V

삶의 넋두리

1. 이중적 판단기준과 일관성에 대하여

사람은 특별한 일부를 제외하곤 두 개의 눈을 가지고 태어난다. 신 (god)이 인간에게 한 개의 눈이 아닌 두 개의 눈을 준 데는 그만한 이유 가 있다고 한다. 그것은 한 쪽 눈으로는 사물을 왜곡되게 볼 수 있지만 두 눈을 가지고 보면 사물을 균형 있게 제대로 볼 수 있기 때문이라고 한다.

우리 사회에는 두 눈을 가지고도 한쪽 눈으로 세상을 보는 사람들이 의외로 많다고 한다. 그 이유 중의 하나가 모든 걸 내 기준으로 보기 때 문이다. 또한 이런 사람들은 내가 나를 대하는 기준과 남을 대하는 기 준이 현격히 다르다고 한다. 소위 말하는 나에게는 관대하고 남에게는 대단히 엄격한 사람들이 바로 그들이다.

이런 사람들은 주위에 있는 모든 사람들을 피곤하게 하고, 힘들게 한다. 나는 이래도 된다는 듯이 자기마음대로 행동하면서도 남들이 그 런 행동을 하면 못 참는다. 이런 사람들은 대체로 남에게 화도 잘 낸다.

자기만 특별한 사람이니까 그래야 하는데, 남들이 감히 그런 행동과 모습을 보이면 성질이 나서 못 참는다. 이런 사람들은 사랑도 남이 하면 불륜이고 자기가 하면 로맨스라고 생각한다.

이 땅의 정치인들, 지도자들 중에서도 그런 사람들이 많이 있는 것 같다. 그런 사람들은 내가 돈을 받으면 선의고, 남이 받으면 뇌물이라고 생각한다.

보통의 국민들보다도 자질이 떨어지는 참으로 못난 지도자라고 할 수 있다. 이 나라가 반만년의 역사를 꿋꿋이 지켜온 이면에는 그런 덜 떨어진 지도자들보다 훨씬 홀륭하고 올곧은 백성들이 있었기 때문이다.

판단기준의 이중성 문제 때문에 모든 것에 일관성을 가져야 한다는 논리 또한 맞지 않다고 본다. 동 시대에 동일한 것을 가지고 달리 판단하는 것은 분명히 문제가 있지만, 세월이 지나고 세상이 변한 뒤에도 같은 것을 가지고 일관성을 내세워 동일한 판단을 한다면 이것 또한 문제라고 할 수 있다.

'학의 다리가 길다고 자르지 마라.' 고 장자는 말했다. 모든 사물의 잘잘못과 착함과 악함은 그때그때 시대의 환경과 조건에 따라 다르게 평가되어야 한다는 것이다. 짧은 안목으로 잘잘못을 가려서는 안 된다는 것이다.

1980년대의 가치관과 2000년대의 가치관은 분명히 다르다. 따라서 세월이 흐르면 판단기준도 달라져야 한다. 법도 세월에 따라, 사람 사는 세상의 변화에 맞춰 판단기준이 달라져야 한다.

그리스의 철학자 헤라클리투스는 '모든 것은 변한다. 변하지 않는 것은 모든 것은 변한다는 사실뿐이다.' 라고 말했다.

상황에 따르는 적절한 변화는 분명히 필요하다. 이런 변화된 흐름에 발맞추어 나아가는 것을 나는 진보라고 생각한다. 한 곳에 오래도록 머무르는 것보다는 변화를 받아들이고 변화에 적응하는 것이 사회발전을 위해서도 필요하다고 본다.

이것은 이념의 문제가 아니라 삶의 자세에 대한 문제라고 나는 생각한다. 사람은 나이를 먹어가면서 변화를 두려워하게 된다. 그냥 현재와 과거의 기억에 안주하고 싶어 하는 것은 나이를 먹었다는 증거인 거 같다. 그렇지만 우리 스스로가 아주 조금은 변하는 것도 필요하다고 본다. 또한 상황에 따른 작은 변화를 받아들이는 용기도 나이 먹은 중년들에게 필요하다. 그래야 20~30대 젊은이들에게 수구골통이라는 소리를 듣지 않을 수 있을 것이다.

독자 여러분!

나이에서 20이라는 숫자를 빼고 다시 사는 기분으로 변화된 삶을 살아봅시다.

중년들도 젊은이만은 못하지만 마음만은 역동적일 수 있다는 것을 보여줍시다.

이제부터 진짜 멋진 인생이 시작된다는 마음으로 삽시다.

그러기 위해서는 스스로를 조금은 변화시킵시다.

다시 출발선에서 힘차게 남은 인생을 살아갑시다.

2. 부모의 집착과 자식의 절망

'부모의 집착과 자식의 절망'은 모 일간지에 난 기사의 제목이다.

요즈음 대부분의 부모들의 모습이 이와 같지 않을까 생각되어진다.

얼마 전에 공부를 잘 하던 우등생이 어머니를 죽이고 그 시신을 장시간 방치한 채 그 집에서 친구들을 불러서 놀기도 하고, 수능시험도 태연히 봤다는 기사가 많은 사람들을 놀라게 했다.

요즘 아이들은 참 힘들게 살아간다. 부모의 과도한 자식에 대한 집착이 어린 아이들을 학원에서 학원으로 전전하다가 지치게 한다.

물론 요즘 같이 취직하기 힘들고 경쟁이 치열한 사회에서 내 자식이 남들에게 뒤지지 않으려면 그래야 한다는 부모로서의 강박관념을 이해 못하는 바는 아니지만 그래도 너무 심한 것 같다는 생각이 든다.

부모가 집착할수록 자식은 절망한다. 부모의 집착은 자식에게 어떤 것들을 지나치게 강요하게 되고, 강요당한 자식은 과도한 스트레스로 스스로 좌절하고 절망하게 된다. 이럴 때 자식들은 자살을 꿈꾸거나 과격한 돌출행동을 하게 되는 것이다.

고생고생해서 그만큼 된 부모의 심정이 '내 자식에게만은 이런 고생을 대물림하지 말아야 한다.' 는 생각으로 귀결되다 보니 자식들에게 과도하게 집착하는 것이리라. 그러나 자식은 자기의 인생이 따로 있는 법이다. 아무리 부모라고 하더라도 자식의 인생을 대신 살아줄 수는 없는 것이다.

군이 유행가 가사인 '내 인생은 나의 것' 을 들먹이지 않더라도 자식의 인생은 자식의 것이다. 물론 부모의 입장이 되면 이것을 알면서도 받아들이기가 쉽지는 않을 것이다.

우리는 곧잘 아이들을 양에 비유하기도 한다. 그런데 양이란 놈은 방향감각이 없어서 목동들이 길을 안내하지 않으면 무리가 우왕좌왕하다가 사방으로 흩어져 버린다. 양들은 또 심리적으로 안정된 상태가 아니라서 지켜주는 목동이 없으면 계곡의 물도 마시지 못한다고 한다. 누가 옆에서 지켜줘야 물도 안심하고 마시는 것이 양떼들이다.

그러면 이런 양들을 잘 양육하고, 푸른 초장으로 인도하는 역할을 하는 사람이 누구일까? 바로 부모된 자들이 그들이다. 부모는 자신의 욕심을 위해서가 아니라, 양들이 푸른 목초를 마음껏 먹고 짐승들로부터 상하지 않게 지켜주기 위해 양들을 인도하는 것이다. 따라서 목동인 부모는 자식인 양들이 무얼 원하는지, 양들이 무얼 싫어하는지 잘 살펴서 그들이 정말로 원하는 걸 제대로 잘할 수 있도록 해주어야 한다.

부모는 자식에게 '어린 양들을 위한 선한 목자'가 되어야 한다.

사람 사는 세상에서 내 아이만 잘 된다고 해서 잘 살 수 있는 게 아니다. 내 아이뿐만 아니라 다른 아이들도 잘 성장을 해야 사회가 불안하지 않고, 안정된 상태를 유지할 수 있다.

사회가 불안하면 민심이 흉흉해지고 치안 또한 불안해진다. 내 아이가 아무리 잘 되어 돈을 많이 벌고 호의호식한다고 하더라도 그런 불안한 사회에서 하루인들 맘 놓고 살아갈 수 있겠는가?

사회가 안정된 상태를 유지하려면 더불어 사는 사회가 되어야 한다.

공정한 경쟁과 공정한 승부를 통해 각자가 자신의 위치를 알고 그 위치를 인정하고, 열심히 사는 사회가 되어야 잘난 사람도 못난 사람도 다 잘 살 수 있는 사회가 되는 것이다.

사람들에게는 다 자신이 잘 할 수 있는 분야가 있다. 남들보다 뛰어나지는 않더라도 그나마 자신이 잘 할 수 있는 분야에서 최선을 다해야지 언젠가는 그 빛을 보게 되고, 남들에게 인정받는 사람이 될 확률이 높아지는 것이다. 따라서 자식에게 어떤 분야의 사람이 되라고 강요하는 것도 자제하는 것이 좋다.

자식이 잘못된 길로 가지 않는 한 지켜봐주고 응원해 주는 것 또한 좋은 부모가 자식에게 가져야 할 태도다.

또한 어른들은 아이들을 정치적으로 이용하려는 행위도 하지 말아야 한다. 그것은 인간을 '목적달성을 위한 수단'으로 이용하려는 것에 불과하기 때문이다. 인간을, 그것도 자라나는 우리의 청소년들을 어떤 무리들의 목적을 달성하기 위한 수단으로 이용하려는 것에는 단호하게 반대하여야 할 것이다.

우리의 미래인 청소년들은 그들 자체가 바로 목적이어야 한다. 그들이 보다 큰 꿈을 가지고, 창의적인 사고를 맘껏 펼칠 수 있는 무대를 우리 부모들이 만들어 주어야 한다.

요즘은 아이들을 보면서 혀를 끌끌 차는 어르신들이 많은데 그 아이들을 그렇게 만든 것은 다른 누구도 아닌 바로 우리 기성세대들이다. 우리가 우리의 아이들을 그렇게 만든 것이다.

어머니를 죽이고도 태연한, 공부만 잘하는 괴물을 탄생시킨 것이 바로 우리들이라는 것을 명심해야 그나마 조그마한 희망이라도 가질 수 있을 것이다. 우리 어른들이 그것을 깨닫지 못하고 아이들 탓, 세월 탓만 한다면 앞으로 이 나라는 그런 괴물들이 우글거리는 끔찍한 생지옥이 될지도 모른다.

그러기 전에 자식에 대한 과도한 집착은 이제 버립시다.
이제부터라도 자식에게 목매지 말고, 우리의 인생을 삽시다.
자식의 인생이 그들의 것이듯이, 우리의 인생 또한 우리의 것입니다. 따라서 우리의 인생은 우리가 주인공이어야 합니다.
이제부터라도 그까짓 자식들 걱정 훌훌 털어버리고, 우리의 인생을 폼 나게 제대로 한 번 살아봅시다.

3. 상식이 통하는 사회

상식이 통하는 사회를 영어로는 'A society where common-sense is accepted.'로 표현한다. 또한 상식이란 일반적인 사람이 다 가지고 있거나 가지고 있어야 할 지식이나 판단력을 의미한다. 그렇기 때문에 필자는 상식이 통하는 사회를 건강한 사회(sound society) 또는 가장 바람직한 사회라고 생각한다. 따라서 특별한 경우를 제외한 일반적인 경우의 문제들은 상식적인 선에서 판단하고 해결하면 무리가 없다고 본다. 그것은 다수의 사회구성원들이 생각하는 해결방안이기 때문이다.

법도 그 출발선은 상식이라고 한다. 그 이유는 당연히 일반적인 다수의 사람들이 옳다고 생각하는 방향으로 법이 만들어져야 한다는 당위성 때문이다. 만약에 비상식적인 기준으로 법률 조항들이 만들어 진다면 국민들은 그 법을 용인하지 않기에 법 집행에 무리가 따르게 되기 때문이다. 그래서 법은 그 시대 국민들의 정서를 반영하여야 하며, 시대에 맞지 않는 것은 수정해야 한다. 국민들의 삶이 변화되는 속도에 발맞추어 생활관련 법률 조항들은 지속적으로 수정을 해야 한다. 그렇지만 법이 국민생활의 모든 걸 일일이 규정할 수는 없기 때문에 이럴 경우에 그 법률 조항에 대한 해석은 법을 집행하는 검사나 판단을 내리는 판사의 몫으로 남게 된다.

우리 사회에서 야기되는 많은 문제들도 다 상식선에서 판단하면 무리가 없는데도 불구하고 대다수의 사람들은 자신들의 이해관계에 따라서 아전인수(我田引水) 격으로 해석을 해서 국민들을 분노케 하는 것이다. 정관계의 사람들이 저지르는 각종 비리 사건도 상식적으로 판단하면 당연히 그래서는 안 된다는 것을 알면서도 돈(이권)과 권력에 눈이 멀어서 생긴 것들이다.

우리가 살다가 보면 이웃들과도 별것 아닌 일도 다투는 경우가 발생한다. 그런데 이 경우도 마찬가지로 상식선에서 판단하면 누가 잘못했는지 알 수 있는데도 불구하고 자신의 입장에서만 생각하고 주장하기 때문에 다툼이 생기는 것이다. 굳이 상식이 뭔지 모르더라도 최소한 상대방의 입장에서 역지사지(易地思之)로 생각하면 문제의 해결이 가능할 것이다.

글머리에서 필자는 상식이 통하는 사회가 가장 바람직한 사회라고 했었다. 수천만 명이 생활하는 한 국가의 각종 사회에서 하루에도 수많은 다툼이 발행하지만, 그 다툼의 대부분은 내 입장만 생각하는 비상식적인 판단에서 비롯되었다고 할 수 있다. 물론 이 경우에 내가 그럴 수도 있고 상대방이 그럴 수도 있다. 둘 다 상식적인 사고로 판단을 한다면 우리 사회에서 일어나는 다툼 중에서 80~90%는 발생하지 않을 것이다. 그래서 나는 상식이 통하는 사회를 가장 바람직한 사회로 보고 있는 것이다.

우리가 살다가 보면 상식이 없는 시쳇말로 몰상식한 사람을 만나게 되는 경우가 생기는데, 이럴 경우에 정말 갑갑해서 미치기 일보 직전까지 갈 때도 있다. 따라서 사람들과의 관계에서도 상식은 대단히 중요한 요소로 자리한다.

대부분의 사람들이 몰상식한 사람과는 말을 섞는 것조차 짜증이 나기 때문이다. 내가 그 몰상식의 주인공이 될 수도 있다. 내가 그런 사람이 되지 않으려면 책을 많이 읽어야 한다. 책 중에서도 고전은 올바른 생각과 판단을 하는데 큰 도움을 준다. 명성이 자자한 사상가들이나 문장가들이 쓴 책을 통해 지식을 쌓고 생각의 폭을 넓힌다면 대화를 이끌어 가는 리더가 되면 모를까 말이 안 통하는 몰상식한 사람으로 외면당하지는 않을 것이다.

청년실업문제나 학교폭력문제도 상식선에서 판단하면 해결방안이 나온다. 그럼에도 불구하고 지도자급에 있는 사람들이 그런 판단을 안하는 것은 자신들의 이해와 밀접한 관계가 있기 때문에 애써 외면하는 까닭이다. 거대기업들도 청년실업문제의 해결방법을 알고 있다. 그렇지만 그 방법이 자신들이 속한 기업집단의 이윤 감소로 이어지기 때문에 주저하는 것이다.

자신의 이윤감소와 투자자들의 반발로 인해 대표이사나 회장으로서의 지위가 흔들리지 않을까 하는 염려가 앞서기 때문에 청년실업문제에 눈 감고 외면하는 것이다.

　몰상식과 몰염치의 극치를 보여주고 있는 인터넷상의 잘못된 댓글 문화도 상식선에서 생각하고 판단하면 해결이 그리 어렵지 않다고 생각한다. 생활의 필수도구가 된 인터넷이 이 사회에서 보다 선한 역할을 할 수 있는 그날이 어서 빨리 왔으면 한다.

　사회가 안정돼야 다수의 사람들이 행복한 세상을 만들 수 있다.

　그러기 위해서 어떻게 해야 하는가에 대한 판단도 상식선에서 하면 답이 나온다고 본다. 나는 그것에 대한 답이 공생주의(共生主義)라고 생각한다.

　나 혼자만이 잘 사는 사회가 아닌 더불어 사는 사회를 먼저 생각하면 좀 더 나은 사회, 보다 많은 사람들이 행복한 사회를 만들 수 있을 것이다.

　우리 사회가 상식이 통하는 사회가 되기를 간절히 바란다.

4. 봄 희망 그리고

여름이나 겨울보다 봄에 대한 시와 노래가 많다. 이른 봄 칙칙한 대지위에 파랗게 돋아나는 새싹을 바라보는 사람은 누구나 침묵의 시인이 된다. 겨울을 이겨내고 피어나는 꽃은 사람들에게 무한한 감동을 준다. 그런 까닭에 굳이 느낌을 글로 표현해내는 시인이 아니더라도 봄에는 누구나 무언의 시인이 된다.

어린 시절 겨우내 노랗게 죽었던 잔디가 봄이 되자 찬바람 속에서도 파릇파릇 새싹을 틔어내는 것을 보고 울먹였던 기억이 난다.

인간의 세상에도 사계절이 있었으면 좋겠다.
모든 사람들이 1년마다 제로베이스에서
다시 출발한다면 구태여 일 년도 안 되는 시간의
복락을 위해서 그토록 타인에게 모질게 굴
이유도 없어질 것이다.

봄이 더 감동적인 것은 가을의 황량함과 겨울의 차디찬 주검을 뒤로 하고 새롭게 호흡하는, 생명의 기운이 넘치는 계절이기 때문이다. 생명의 탄생이라는 신비로움이 시작되는 계절이기에 봄은 우리에게 한 없는 기쁨과 희망을 선사하는 것이다.

인간의 세상에도 사계절이 있었으면 좋겠다. 아무리 힘들어도 봄이면 다시 새롭게 시작을 할 수 있다면 군이 욕심을 부릴 이유도 없을 것이다. 모든 사람들이 1년마다 제로베이스에서 다시 출발한다면 구태여 일 년도 안 되는 시간의 복락을 위해서 그토록 타인에게 모질게 굴 이유도 없어질 것이다.

양식을 저장하는 기술이 발달하면서 인간은 굶주림의 공포에서 벗어날 수 있었지만 그것 때문에 인간은 지구상에 존재하는 모든 동물 중에서 가장 탐욕스러운 존재가 되었다고 학자들은 말한다.

이렇듯 세상사 모든 일이 장점이 있으면 단점도 있고, 얻는 게 있으면 잃는 것도 있다. 그래서 세상은 어느 정도 불공평하면서도 또 어느 정도는 공평하다.

봄은 모든 사람들의 계절이지만 여성들에게는 조금 더 특별한 계절이다. 좀 더 사실적으로 말하면 대다수 동물의 암컷들에게 봄은 여느 계절과는 사뭇 다른 의미를 가진다고 한다. 그것은 봄이 생명을 잉태하는 계절이기 때문이다. 생명의 탄생은 고귀하고 아름다운 현상이며, 또한 과정이다.

그런 면에 있어서 여성은 남성보다 우월하며, 귀하게 대접 받을 권리가 있다고 나는 생각한다.

봄은 또 다른 의미로 사계절 중에서 가장 강렬하게 사람들에게 다가간다. 억압의 사슬을 끊고 자유와 해방을 맞는 의미가 바로 그것이다. 민족 시인으로 우리에게 친숙한 시인 이상화의 '빼앗긴 들에도 봄은 오는가' 라는 시에서도 봄은 자유와 해방의 의미를 부여하고 있다.

얼마 전에 있었던 이집트의 민주화는 '카이로의 봄' 으로 불리고 있고, '프라하의 봄', '서울의 봄' 이라는 표현에서도 봄은 자유와 민주의 뜻으로 해석된다.

장자는 "봄에 밭을 갈고 씨를 뿌림에 있어서 육체는 족히 힘쓸만하고, 가을에 거두어들임에 몸은 족히 쉬거나 먹고 지낼만하다."고 말했다. 죽음의 언 땅을 뚫고 새 생명을 잉태하는 봄이 매혹적인 모습으로 우리를 유혹하면 그 홀림에 넘어가서 너도 나도 부푼 가슴으로 산이나 강 혹은 바다를 찾는다. 이것은 지극히 자연스러운 현상이다. 아름다운 봄이 우리를 유혹하면 나이를 떠나서 못 이기는 척 봄과 가슴 뛰는 데이트를 즐기는 것이 정신건강에도 좋다.

그러나 우리가 잊지 말아야 할 것이 있다. 봄의 유혹에 정신을 잃고 자신의 본분까지 망각한다면 그 뒤에 따라올 고난을 피하기 힘들 것이다. 밭 갈고 씨를 뿌려야 하는 것은 모든 생물들의 기본적인 사명이다. 이 기본적인 의무를 잊고 꽃놀이에 취해서 음주와 가무로 그 시간을 채운다면 추운 겨울에 개미집을 찾아가서 동냥을 하는 동화속의 배짱이가 우리의 모습이 될 수도 있다.

다시 찾아 올 봄
즐겁게 놀고 열심히 추운 겨울을 대비하는 현명한 여러분들이 되었으면 하는 희망을 가져본다.

5. 이미지(心象) 관리의 시대-
사람과 기업

21세기인 지금 우리는 이미지 관리의 시대에 살고 있다고 한다.

'이미지'는 외래어다. image라는 영어발음이 그대로 우리의 일상어로 사용되기에 외래어로 분류되는 이미지라는 의미의 우리말 단어는

심상 '心象' 이다.

국어사전에 나오는 이미지의 사전적 의미는 '어떤 사람이나 사물로부터 받은 느낌' 이다. 그런데 우리나라 사람 대부분이 이미지라는 외래어 단어는 알아도 심상이라는 우리말 단어는 잘 모른다.

현시대는 이미지가 경쟁력이 되고 자산이 되는 시대라고 한다. 사람에게 있어서 그 사람의 이미지는 인생 전반에 걸쳐 미치는 영향력이 엄청나게 크다는 것이 일반적인 견해다. 이미지로 먹고 사는 연예인들은 말할 것도 없고 정치인이나 일반인들에게 있어서도 이미지가 주는 영향력은 실로 대단하다고 한다.

좋은 이미지는 상대에게 호감을 주고 신뢰감을 주기도 한다. 그런데 우리가 착각하는 것이 있다. 예쁜 이미지와 좋은 이미지가 동일한 의미는 아니라는 것이다. 아무리 겉모습이 화려하고 예뻐도 호감이 안 가는 사람이 있다. 반면에 잘 생긴 얼굴은 아닌데도 이상하게 좋은 이미지로 다가오는 사람이 있다.

이미지 관리를 위해서 많은 돈을 투자하는 것이 현대인들이다.

그리고 이미지 관리를 위해 제일 많이 하는 것이 바로 성형이라고 한다. 그래서 대부분의 성형외과병원은 그야말로 노다지를 캐고 있는 중이다. 한국 사람들은 유난히 성형을 많이 한다. 따라서 전체 국민의 성형비율이 세계의 으뜸이라고 한다.

나이 서른 전에 어느 한 군데라도 손을 안댄 자연 미인이 우리나라에서는 너무나 희귀해서 천연기념물보다도 보기가 힘들다고 한다.

물론 성형에 성공해서 인생이 바뀐 사람들도 있다. 대표적인 경우가 연예인들인데 그들은 사람들의 질시의 대상이 되어 성형전후의 사진들이 인터넷에 떠돌기도 한다.
그런데 성형을 하기 전에 우리가 잊지 말아야 할 것이 있는데, 그것은 성형으로 인생을 망친 사람도 제법 많다는 것이다.

세계적으로 존경받는 위인이나 연예인은 성형발이 아니라 자신이 갈고 닦은 실력으로 사람들에게 인정받는 경우가 대부분이다. 우리의 기억 속에 남아있는 故 추송웅이라는 사람은 꽤나 못생겼는데도 연기력을 인정받아 사람들에게 훌륭한 배우로 기억되고 있다.
우리나라 3대 연예기획사의 하나인 JYP의 박진영 역시 못생긴 얼굴에도 불구하고 가수로서도 연예기획사주로서도 인정받는 사람이 되었다.

이미지 관리는 때로는 사람들에게 혼란을 가져다주기도 한다. 총수가 온갖 구설수에 오르는 기업인데도 불구하고 광고에서는 좋은 일을 많이 하는 착한 기업인양 선전을 하고, 사람들은 거기에 속아 넘어간다. 그 재벌 총수라는 사람은 온갖 부정한 방법으로 회사 돈을 유용하고 파렴치한 짓을 저질러도 매일같이 쏟아내는 착한기업이라는 이미지 광고에 속아 사람들은 그 회사 제품을 계속해서 신뢰하고 구매하는 서글픈 일들이 당연한 듯 이 땅에서 벌어지고 있다.

개인이나 기업의 PR을 위해서는 이미지 관리가 필요하기도 하지만 나쁜 목적으로 사용되면 사람들을 속이는 사기꾼의 모습이 되기도 하는 것이 이미지다.

포장하지 않은 순수한 아름다움이 주는 자연미는 사람들에게 따뜻하고 편안한 아름다움을 주지만 이미지 관리로 포장한 아름다움은 생명이 없는 마네킹의 아름다움에 불과하다는 것을 알아야 한다.

포장된 이미지 속에 숨어있는 추함과 사악함을 구별할 줄 아는 혜안이 필요한 시대가 바로 지금이다. 껍데기가 본래의 모습을 대신하는 인공의 시대에 사는 우리들이 가면을 벗고 순수의 넓고 푸른 바다를 마음껏 헤엄칠 수 있는 그 날을 손꼽아 기다린다.

6. 인생은 해석이다

인생을 한 마디로 정의한다는 것은 정말 어렵다. 그렇기 때문에 수많은 명사들이 자신의 눈으로 본 인생에 대해 각자의 주관으로 인생의 정의를 말하고 있다.

파스칼은 인생의 최고 불행은 인간이면서 인간을 모르는 것이라고 했으며, 루소는 삶은 호흡하는 것이 아니라 행위를 하는 것이라고 말했다.

그렇다면 과연 인생이란 무엇일까?

덴마크의 중소도시 오덴세에서 1805년에 술주정뱅이 구두수선공의 아들로 태어나서 1875년에 70세의 나이로 사망한 한스 크리스티안 안데르센은 어릴 적에 볼품없는 외모와 가난으로 힘든 삶을 살았는데도 좌절하지 않고, 오히려 그런 경험을 잘 살려서 '성냥팔이 소녀', '미운 아기 오리', '눈의 여왕' 등 150여 편의 동화를 썼으며, 많은 사람들에게 깊은 감동을 주는 세계적인 작가가 될 수 있었다.

빈민가에서 술주정뱅이의 아들로 태어난 그가 그런 어려운 상황에 좌절하고 그의 인생을 나쁜 쪽으로 해석했었다면 우리가 읽었던 안데르센의 동화는 세상에 나오지 못했을 것이다. 인생은 자신에게 주어진 상황을 어떻게 해석하느냐에 따라 크게 달라질 수 있다는 면에서 "인생은 해석이다."라는 말이 가장 가슴에 와 닿는다.

인간극장에 출연해 많은 사람들의 가슴을 찡하게 만들었던 정재완 시인이나 뇌성마비에도 불구하고 시와 소설을 30권이나 출간한 송명희 시인 같은 경우에도 도저히 작가의 길을 갈 수 없는 상황임에도 불구하고 그런 나쁜 상황들을 좋게 해석했기에 행복한 결과를 얻을 수 있었던 것 같다는 생각이 든다.

우리 같은 보통 사람들은 도저히 이해가 될 수 없을 만큼 지극히 불행한 인생으로 보이는데도 불구하고 본인들은 그런 인생을 긍정적으로 해석하고, 오히려 감사하게 받아들임으로써 세상 누구보다도 행복한 삶을 사는 사람들이라는 느낌을 받았다.

요즘에 화제가 되고 있는 팔다리 없는 소년 레슬러 '더스틴 카터'의 이야기도 우리에게 시사하는 바가 크다. 어릴 때에 수막구균혈증을 앓아 팔다리가 잘려 나가는 아픔을 겪은 그가 팔과 다리가 멀쩡한 보통 사람들도 힘들다는 레슬러가 되었다. 그는 고등학교 3학년 때에 비장애 선수들과의 경기에서 42승 4패라는 놀라운 성적을 거두었다. 더스틴 카터는 우리나라의 스타킹이라는 TV프로에 나와서 올림픽 금메달리스트인 심권호 선수와 레슬링 경기를 보여주었다. 그는 이날 우리국민들에게 놀라운 감동과 희망을 선사했었다.

우리가 인생을 살아가다 보면 수많은 난관을 만나게 되는데, 극히 일부 사람들은 그런 상황을 받아들이기 힘들어서 스스로 목숨을 끊기도 한다. 얼마나 힘들면 그런 일을 할까 생각되기도 하지만 세상에는 그보다 훨씬 힘든 상황임에도 불구하고 아주 잘 극복하는 사람들이 많이 있다. 주위를 둘러싸고 있는 환경이 우리를 힘든 상황으로 몰고 가더라도, 상황적 사람이 되지 말고 미래에 대한 희망과 신념으로 이겨내서 승리하면 우리 모두는 행복한 인생의 주인공이 될 수 있을 것이다.

이 모든 것을 종합해 보면 결국 인생은 해석이라는 결론에 도달할 수 있다. 자신에게 주어진 상황을 어떻게 해석하고 받아들이느냐에 따라서 인생이 달라질 수 있다는 것이다. 우리에게 익숙한 '긍정의 힘'이란 책도 인생의 해석이 미치는 힘을 우리에게 말해주고 있는 것이다.

우리에게 주어진 인생이 아무리 힘들고 어렵더라도, 긍정적으로 해석하고 슬기롭게 대처하면 우리에게도 희망이란 녀석이 고개를 내밀고 함박웃음을 지을 것이다.

인생은 해석이다.

7. 연하장과 문자메시지

휴대폰의 보급이 늘어나면서 연하장의 판매가 현저히 줄었다고 한다. 웬만한 건 문자메시지로 대신하고, 손으로 직접 글을 써서 축하인사나 덕담을 나누는 일은 찾아보기가 힘든 게 요즘의 현실이다.

우리나라는 예로부터 연말이나 새해에 스승이나 부모, 친지 등에게 직접 찾아가 인사를 드리지 못할 경우에 아랫사람을 시켜서 문안의 서찰을 보내는 풍습이 있었다.

조선시대에 양반 댁에서 선비는 한자로 서찰을 쓰고, 여인네들은 언문이라고 얕잡아 부르던 한글로 써서 보냈다고 한다.

서양에서는 15세기에 독일에서 성탄카드로 시작하여 19세기에 이르러서는 신년인사를 겸하는 연하장으로 바뀌었다. 이것이 미국과 영국 등에서 대대적으로 쓰이면서 오늘날과 같은 연하장의 모습을 갖추었다.

서양식의 연하장은 우리나라에 20세기 초에 전래가 되었고, 현재는 우체국에서 연하장을 특별 취급하는 연하우편제도를 시행하고 있다.

1970년대만 해도 연말이면 연하장이나 크리스마스카드를 보내는데 많은 시간을 할애했었던 기억이 난다. 일부 가난한 아이들은 손수 그린 크리스마스카드나 연하장을 판매하여 용돈을 벌기도 했었고, 학교에서는 그런 친구들을 돕기 위해 학교 차원에서 선생님들이 구매를 권하기도 했었다.

인쇄소에서 찍어낸 연하장보다 손수 그림을 그리고 만든 수제카드는 성의가 있어 보여 높은 가격에 판매가 되기도 하였다. 일부 가게에서는 아예 학생들이 그린 수제 카드를 진열해 판매하기도 했었던 기억이 난다.

연인들에게 있어서도 자신의 마음을 전할 절호의 기회가 연말 연시였기 때문에 친구에게 부탁하기도 하고 혹자는 직접 그림을 그리고 글씨를 써서 정성껏 카드를 보냈고 그것이 인연이 되어 결혼을 한 친구들도 있었다.

연말연시에 자신의 마음을 담은 연하장에 직접 글씨를 써서 덕담이나 문안인사를 드리는 것은 매우 중요하다. 그런데 요즘은 문자메시지 하나 달랑 보내는 것으로 대신하려고 하니 받아도 기쁨이 없다.

오히려 어떨 때는 문자메시지가 쓰레기로 생각될 때도 있다. 문자메시지 조차도 시간이 아까운지 여러 사람들에게 똑 같은 내용을 한꺼번에 발송하는 그런 성의 없는 짓은 아예 안하느니만 못한 것 같다.

설령 휴대폰문자로 보내더라도 최소한 개인에게 일대일로 내용을 달리해서 이름이라도 넣어서 보내면 그나마 성의가 있어 보이는데, 그

삶의 넋두리

것도 아니고 컴퓨터에 수십 명의 전화번호를 입력해 놓고 같은 내용으로 동시에 발송하는 문자메시지 인사는 그냥 쓰레기일 뿐이다.

물론 카드를 사서 수십 명에게 직접 글씨를 써서 보내면 돈도 많이 들고 시간도 많이 걸린다. 그래도 올해는 용기를 내서 십여 명에게는 직접 카드를 써서 우편으로 보냈는데, 잘 했다는 생각이 든다.

내년부터는 좀 더 늘려 볼 생각이다.
가능하면 인사를 해야 하는 모든 사람들에게 직접 쓴 연하장을 보낼 계획이다.
여러분!
문자메시지 대신 연하장을 보냅시다.
자신의 성의를 보일 수 있는 연하장에 진심을 담아서 보내면 받는 사람이 많이 행복할 것입니다.
기왕에 하는 새해인사라면 이제부터라도 정성을 다해 보는 이들이 행복할 수 있도록 함께 노력합시다.

8. 백년의 가게

　우리나라에서 일 년에 수만 개의 가게가 개업을 하고, 수만 개의 가게가 폐업을 한다고 한다. 또한 새로 문을 연 가게의 70~80%는 3년 안에 폐업을 한다고 하니 100년의 가게가 얼마나 대단한지에 대한 설명은 굳이 필요가 없을 것 같다.

　그런 관계로 100년 동안 살아남은 가게는 그 존재만으로도 경외감을 갖게 하기에 부족함이 없다.

　청력을 잃어가던 베토벤에게 음악적 영감을 되살려 준 것은 영국의 '존 브로드 우드 선 앤즈'라는 브랜드의 피아노였다. 세계적인 피아노의 명가 존 브로드우드 선 앤즈는 무려 283년이나 된 수제피아노 제작 공장이다. 열 명도 안 되는 종업원에다 제작과 판매까지 직접 하는 이 작은 공장은 영국 왕실로부터 피아노의 장인으로 인정받기도 하였다.

　일본에는 100년 된 가게가 여럿 있다고 한다. 그런 일본을 대표하는 음식은 다들 알고 있는 초밥이다. 세계적으로 유명한 '긴자시스코 혼

텐'이라는 일본의 초밥집은 128년의 전통을 자랑한다.

또한 프랑스의 치즈명가 '필립 올리비에'는 4대째 가업을 이어 온 수제치즈 제조업체다. 소규모 가내수공업체라서 제조와 판매를 겸하는 필립 올리비에는 하루에 치즈를 40~50개만 생산한다고 한다.

종로의 김두한도 감탄했다는 한국의 이문설렁탕도 100년의 역사를 자랑한다.

이런 100년의 가게는 한 가지 공통점이 있는데 그것은 욕심을 부리지 않는다는 것이다. 이들은 돈에 대한 욕심을 버려서 무리하게 가게를 확장하지 않는다.

물론 장사가 잘 될 때에 가게를 확장하면 큰 돈을 벌수도 있겠지만

큰 회사가 100년을 가는 경우는 더더욱 힘들다는 것을 그들은 알고 있었을 것이다.

이들에게 장인 정신이 없었으면 100년 동안 가게를 운영하는 것은 불가능했을 것이다. 대물림 되는 과정에서 얼마나 많은 유혹이 있었겠는가? 좀 더 폼나는 직업을 가지고 싶은 후세들의 욕망이나 돈에 대한 욕심을 제어하지 못했다면 100년의 가게는 결코 존재하지 않았을 것이다.

직업을 선택함에 있어 중요한 것은 자기만족과 자부심이겠지만 자본만능주의 사회에서 그것을 지키기란 정말 어렵다. 자기가 정말 하고 싶은 일을 직업으로 하는 경우는 그 분야에서 인정받는 사람이 될 확률이 높지만, 현실은 많은 사람들에게 그것을 용인하지 않는다. 그래서 요즘 같은 세상에서 자기가 하고 싶은 일을 직업으로 하는 사람은 정말 축복받은 사람이라고 할 수 있다.

대를 이어 욕망을 키우는 사람들은 흔히 보지만 대를 이어 욕망을 버리는 경우는 정말 보기가 힘들다. 그러기 때문에 100년 동안 가게를 이어가는 사람은 정말 존경받을 만한 사람이라고 자신 있게 말할 수 있다.

기원전 360년 중국의 전국시대 때 송나라에서 태어난 사상가 장자가 지은 '장자' 라는 책에는 다음과 같은 내용이 소개되고 있다.

초나라의 대사마라는 관리 밑에서 일하는 기술자 중에 허리띠 고리를 만드는 사람이 있었다고 한다. 그는 나이가 80세나 되었어도 그 기술이 지극히 정교하여 털끝만치도 어긋남이 없어서 대사마가 물었다고 한다.

"자네의 재주가 뛰어난데 무슨 특별한 비결이라도 있는가?"

그러자 기술자는 다음과 같이 대답했다고 한다.

"저는 20세 때부터 허리띠의 고리를 만드는 것을 좋아한 이후로는 다른 것은 거들떠 본적이 없습니다. 오직 고리를 만드는 일에만 지금까지 정신을 쏟았을 뿐입니다."

이것 저것 다하려고 하면 절대로 100년 동안 가게(혹은 기업)를 이어갈 수 없다. 선조가 물려준 가업을 내가 이어가야 한다는 사명감으로 한 우물을 파야 100년의 가게가 가능한 것이다.

우리나라도 대대로 가업을 이어가는 사람들이 많아져서 100년의 가게가 많이 생겨나기를 소망해 본다. 돈만 아는 자본만능주의(물질주의)에서 벗어나 올바른 정신과 문화를 소중히 여기는 인본주의의 삶을 사는 여러분들이 되었으면 하는 바람을 가져봅니다.

9. 일등 지상주의를 버리자

한국인들의 교육열은 세계적으로도 유명하다. 원조받는 나라에서 눈부신 경제발전을 바탕으로 원조하는 나라로 안착한 나라는 한국이 유일하며, 이런 기적 같은 성장의 원동력은 높은 교육열이라고 한다. 과거 한국의 높은 교육열은 이런 긍정적인 요인으로 작용했으나 성장이 둔화되고 일자리가 줄어들면서 취업경쟁이 극도로 심해지다 보니 내 자식이 남들보다 앞서야 취직이라도 보장받을 수 있다는 생각에서 자식에게 일등을 강요하기에 이르렀다.

너무나 유명한 강남 8학군의 얘기는 차치하더라도 국내의 교육만으

남에게 당하지 말고
짓밟고라도 이기라는 학부모의 그릇된 사고가
학교를 아비규환의 장으로
만들고 있는 것이다.

로는 안 된다는 생각에서 생겨난 조기유학 붐은 기러기 아빠를 양산하게 되었고, 심지어는 가족해체의 비극을 낳기까지 했다.

얼마 전에 국민들을 충격으로 몰아넣은 고등학생의 어머니 살해 및 시체 방치 사건은 일등주의가 낳은 비극의 한 예라고 할 수 있다. 전국 상위 1%의 등수에 드는 자식에게 일등을 못한다고 골프채로 아들을 폭행한 어머니의 행위는 상식적으로는 이해가 불가능한 일등지상주의가 낳은 처참한 결과라고 할 수 있다.

"부모는 멀리 보라고 하고 학부모는 앞만 보라고 한다. 당신은 부모입니까? 학부모입니까?"라는 공익광고가 생각난다. 또 다른 광고에서는 "개구쟁이라도 좋다. 튼튼하게만 자라다오."라고 말하고 있다.

학부모가 되어 앞만 보라고 학원에서 학원으로 전전하게 하는 어느 초등학생의 이야기는 이 땅의 교육현실을 실감하게 한다.

그런 학부모들은 대부분 이 사회를, 이 나라를 원망한다. 이 나라가, 이 사회가 자기를 그렇게 하도록 만들었다고 강변한다. 그러나 엄밀히 말하면 그건 사회 탓도 국가 탓도 아니다. 일등주의에 함몰된 학부모의 지나친 욕심이 그렇게 만든 것일 뿐, 다른 누구의 탓으로 돌릴 일이 아닌 것이다.

옛날에는 부모들이 내 아이에게 다른 아이를 때리지 말고 차라리 한 대 맞으라고 가르쳤다. 그런데 요즘 부모들은 한 대 맞지 말고 차라리 한 대 때리라고 가르친다. 그래서 그런지 내 아이가 학교에서 친구를 폭행해도 별 거 아니라고 생각한다.

내 아이가 지속적으로 친구를 때리고 괴롭혀도 아이들끼리 그럴 수 있다고 전혀 미안해하는 기색도 없이 당당하게 말한다. 그저 내 아이가 안 맞고 다니면 그만이라는 생각이다.

요즘은 왕따의 주범이 편모가정에서 삐뚤어지게 자란 아이가 아니라 전문직 고소득자를 부모로 둔 가정의 아이들이다. 중학교까지는 의무교육이다 보니 중학생들은 아무리 잘못을 해도 퇴학이라는 게 없다. 그러다가 보니 중학교에서 유독 왕따 문제가 심각하다.

남에게 당하지 말고 짓밟고라도 이기라는 학부모의 그릇된 사고가 학교를 아비규환의 장으로 만들고 있는 것이다.

모든 사람이 다 일등인 사회는 망한다. 2등도 있고 3등도 있어야지 각자의 능력에 따른 사회적 역할 분담이 가능하지 모두가 일등이면 이 사회가 어떻게 되겠는가?

요즘은 옛날 같지 않아서 공부 일등이 사회 일등이 되는 경우가 상당히 많아졌지만 반드시 그런 것은 아니다.

한 국가에 몇 개의 일등기업과 나머지 꼴찌기업만이 존재한다면 그 나라의 경제는 중병을 앓게 되고, 외부의 작은 충격에도 쉽게 쓰러진다. 국가의 경제가 튼튼하려면 몇몇의 일등기업 보다는 수많은 2~3등 기업이 존재해야 한다. 제조업 강국인 독일이나 스위스 같은 나라는 수없이 많은 중소기업이 국가경제를 튼실하게 지탱하고 있기에 안팎의 경제적 충격에 강하다.

적당한 경쟁은 사회나 경제를 발전적으로 이끌기에 반드시 필요하
다. 그렇지만 지나친 일등주의 경쟁은 가정이나 사회나 경제를 파멸로
이끌 수 있다.

일등만이 행복한 것은 결코 아니다. 우리나라에서 공부 잘하는 아이
들은 죄다 서울대학교로 몰려가지만 그들이 정말로 행복할까?

서울대 출신의 행복도가 지역대학 출신들보다 높을까?

역설적이지만 높은 경제성장은 정신적 수준의 저하를 가져왔고, 그
결과 물질적인 풍요에도 불구하고 불행하다고 느끼는 사람들이 많아
졌다고 황창연 신부는 평화방송 행복특강에서 역설하였다. 이제는 정
신적 수준을 끌어올려 물질적 풍요에 버금가는 정신적 풍요를 수확해
야 한다고 본다.

특히 이 땅의 중년들은 가족이나 직장의 틀에서만 머물지 말고 자신
을 위한 공간을 만들어서, 자아성취와 그것을 통한 행복지수의 상승을
견인해야 한다.

내가 행복해야 내 가족도 행복하고 이 사회도 행복해질 수 있다.
나와 가족, 이 사회를 불행하게 만드는
일등 지상주의를 버리자.

10. 편안한 삶과 행복한 삶

가난 속에서도 정을 잃지 않았던 한국 사회에서, 산업화에 따른 자본주의의 발달로 인해 우리 국민들은 정신적 가치보다 물질적 가치를 더 소중한 것으로 여기게 되었다.

또한 지주들에게 수탈당하는 삶을 살았던 빈농출신일수록 물질적 부의 축적에 더 집착하는 경향이 있다고 한다. 이러한 모습은 더 이상 가난 때문에 농노 같은 삶은 살지 않겠다는 우리네 부모들의 가슴에 맺힌 한에서 비롯된 것이라고 할 수 있다.

부를 축적하는 과정이 힘들었어도, 자신의 피땀 흘린 노력으로 그것을 성취한 사람은 오히려 나눔에 관대하지만, 주식이나 부동산으로 졸지에 부자가 된 사람들은 나눔에 지독히 인색한 경향이 있다. 이런 사람들일수록 자식들에게 정신적 가치를 물려주기보다는 물질적 가치를 물려주고자 한다.

수많은 고생 끝에 성공한 부모가 자식들에게 좀 더 편안한 삶을 살게 해주고 싶은 마음은 충분히 이해가 되는 대목이다. 하지만 편안한 삶과 행복한 삶은 결코 동일한 의미가 아니라는 것을 부모들은 알아야 한다. 자식들의 편안한 삶을 위해 물질적 풍요를 안겨주는 일이 자식들의 행복과 직결되는 것은 아니기 때문이다.

울산에 빌딩을 몇 채 가지고 있는 어느 부자의 일상은 우리에게 시사 하는 바가 크다. 큰 부자인 모씨의 아들 얘기를 빌리자면 굳이 취직을 안 해도 되는데 제발 어디라도 출근하라는 아내의 성화에 할 수 없이 직장생활을 시작했다고 한다. 그런데 부자인 그의 부친은 '오늘 하루를 어떻게 보낼 것인가' 가 가장 큰 고민거리라고 한다.

노는 것도 하루 이틀이지 매일같이 할 일 없이 빈둥거리는 사람에게는 노는 것처럼 힘든 일도 없다는 것이다. '사우나탕에서 친구를 만나서 얘기하고, 점심 먹고 그 다음에는 뭘 하지?' 하는 고민 때문에 막대한 부를 축적한 부친의 일상이 그리 편하지만은 않다는 것이 그 친구의 설명이다.

우리는 수백억 재산을 가진 이 부자의 편안함을 행복이라고 말할 수 있을까?

그리스의 아폴로에서 태어났으며, 안티스테네스의 영향을 받은 견유학파(犬儒學派) 출신의 철학자 디오게네스는 부유한 집안에서 태어났으나 모든 걸 버리고 통나무 속에서 살았다.

그런 디오게네스와 알렉산더대왕에 대한 이야기는 우리에게 '삶이란 무엇인가?' 라는 진지한 고민을 하게 만든다.

옷 한 벌, 지팡이 하나, 빵 주머니 외에 가진 게 없는 디오게네스에게 알렉산더대왕이 원하는 게 무엇인지를 묻자 그는 "난 당신이 내 앞을 비추고 있는 햇빛을 가리지 않길 바랍니다."라고 대답했다고 한다.

디오게네스를 사랑한 알렉산더이기에 그가 원하는 소원을 들어주려고 한 질문인데 그는 그런 식의 대답으로 알렉산더를 민망하게 만들었다고 한다.

행복한 삶이 편안한 삶을 의미하는 게 아닌데도 불구하고 자식들을 위해 자신의 모든 재산을 증여한 후에 양로원에서 비참하게 살아가는 사람들이 우리 주변에 종종 있다.

부모가 자식들에게 정신적 유산을 물려주지 않고 물질을 물려준 까닭에 오히려 자식들에게 버림을 받고, 양로원 신세를 지게 된 것이다. 그런데 그들의 불행은 거기서 그치지 않았다.

모든 재산을 미리 받은 자식들이 늙은 부모의 양로원비가 아깝다고 빨리 죽기를 바란다고 한다. 얼마나 통탄할 일인가?

부모들은 자식들에게 편안한 삶을 물려주겠다고 아등바등하지 말아야 한다. 무릇 부모 된 자는 자식의 편안한 삶보다는 행복한 삶에 관심을 가져야 한다. 자식의 결혼도 편안한 삶에 맞추기 때문에 잘사는 집안끼리만 결혼을 시키려고 안달한다. 사람들은 종종 내 자식과 결혼하는 상대방이 가난하면 마치 내 돈을 거저 먹으려는 도둑놈 취급을 한다.

"네가 뭔데 가난뱅이 주제에 내 자식과 결혼을 하냐?"는 식으로 몰아가서 자식의 눈에 눈물이 나게 하는 장면이 드라마에 단골로 등장한다.

사람들은 자신의 진정한 행복보다는 남에게 행복한 것처럼 보이는 것을 더 원한다고 17세기 프랑스의 고전주의 작가이자 공작인 프랑수아 드 라로슈푸코는 말했다.

그런 사람들은 비싼 차와 브랜드 옷, 큰 집에 살면서 남에게 행복한 듯이 보이려고 하고, 자신의 행복을 과시하려고 한다. 물질적인 풍요로움이 오히려 행복을 방해하는 일이 많은데도 불구하고, 현대인들은 자본주의 사회의 병폐인 돈이면 다라는 식의 정신결핍증 사회에서 소외되지 않으려고 너도나도 돈타령을 하며 살고 있는 것이다.

편안한 삶과 행복한 삶은 분명히 다른 것이다. 이 평범한 진리를 사람들이 깨닫는다면 시멘트와 철근으로 포장된 썰렁한 산업화 사회에서 조금은 따스한 온기를 느낄 수 있을 것이다.

'배고픈 소크라테스보다 배부른 돼지가 낫다.' 는 물질만능주의 사회에 살고 있는 독자여러분!

여러분들은 편안한 삶과 행복한 삶 중에서 어느 것을 선택하시겠습니까?

11. 백년손님과 자식이 된 사위

백년손님이란 '오랜 세월을 두고 예의를 갖추어 대접할 손님' 이란 뜻으로, 우리나라에서는 처가에서 사위를 그렇게 불렀었다.

예전에는 딸이 시집을 가면 친정집 사람이 아니라고 생각하고, 부모들도 결혼하는 딸에게 시댁귀신이 되어야 한다고 가르쳤다. 그런 사회이기에 사위가 처가에 발걸음을 하는 경우는 거의 없었다. 평생 동안 처가에 큰 일이 생길 경우를 제외하고는 처가에 갈 일이 거의 없었기 때문에 사위가 처가에 오면 대부분의 집에서는 비상이 걸린다는 표현

요즘 젊은 사위들은 장인이나 장모를
아버님이나 어머님이라고 부른다.
심지어 어떤 사위는 장인 장모를
아빠 엄마라고도 부른다고 한다.
또한 며느리도 시아버지와 시어머니를
시아빠 시엄마라는 호칭으로 부르기도 한다.

이 맞을 정도로 신경을 쓴다. 혹시라도 사위 대접을 잘못해서 내 딸이 버림을 받거나 뒷방신세를 지지는 않을까 염려하는 마음이 커서인지 없는 살림에도 씨암탉을 잡아 사위를 극진히 대접했다. 첩을 두기도 하던 남성우월주의 시대이기에 어쩌면 당연한 일이었는지도 모른다.

상전벽해(桑田碧海)라는 표현이 맞을 정도로 세상은 변했다. 이제는 대부분의 처가에서 사위를 백년손님으로 생각하지 않는다. 요즘의 처부모들은 사위를 백년손님은커녕 일년손님으로도 생각하지 않는다. 처가에서 손님노릇하려는 사위가 있다면 장인과 장모의 눈총을 받기 십상이다. 2012년의 현실에서 딸을 시집보내면서 그 집 귀신이 되라고 얘기하는 부모는 더 이상 존재하지 않는다.

조금 과하게 표현하면 시댁에 있어서 며느리가 손님인 시대에 우리는 살고 있다. 친정에는 자주 가는 며느리가 시댁에는 일 년에 한두 번 손님처럼 다녀간다. 그래도 시부모가 며느리에게 크게 나무라지 못하는 게 현실이다. 명절 때 시댁에는 가고 처가에 가지 않으면 부부사이에 큰 싸움이 난다. 그래서 1년 중에 이혼율이 가장 높은 달이 3월이라고 한다. 1월말이나 2월에 설날이 있는데 명절 때문에 크게 다투다가 끝내 이혼장을 제출하는 게 3월이라서 이 시기에 이혼율이 가장 높은 수치를 나타낸다는 것이다.

예부터 사위도 자식이라는 말은 있었다. 그러나 그 당시에 이것은 어디까지나 말뿐이었다. 그런데 요즘은 정말로 사위를 자식으로 생각하는 시대에 우리는 살고 있다. 요즘 젊은 사위들은 장인이나 장모를 아버님이나 어머님이라고 부른다. 심지어 어떤 사위는 장인 장모를 아빠 엄마라고도 부른다고 한다. 또한 며느리도 시아버지와 시어머니를 시아빠 시엄마라는 호칭으로 부르기도 한다.

   나이 지긋한 분들이 들으면 기절초풍할 일이지만 이게 이 시대의 현실이기 때문에 이제는 나이든 분들도 생각을 바꾸고 이런 호칭들을 자연스럽게 받아들여야 한다.

   이제는 사위나 며느리를 봐야할 중년들의 사고도 시대에 맞게 변해야 할 것이다. 21세기에 20세기적인 사고를 가지고 며느리나 사위를 대하다가는 부모와 자식 간에 큰 일이 생길지도 모르기 때문이다. '세

삶의 넋두리

상이 말세야!' 라고 말하기 전에 변화된 문화를 수용하는 적극적인 자세가 필요하다고 생각한다.

'시대에 뒤떨어지는 구닥다리' 라는 소리를 듣기 전에 우리 스스로가 시대의 흐름을 감지하고 변화된 환경에 적응하는 적극적인 자세와 노력이 필요한 때이다.

며느리가 백년손님이 되는 시대에 살고 있는 중년들이여!
생각의 틀을 깨고
적극적인 사고로
세상에 뒤처지거나 끌려가지 말고
변화의 흐름에 적극 동참합시다.

12. 소통의 부재가 낳은 불행

2011년 3월에 개봉된 영화 '파수꾼'은 윤성현이 감독하고 이제훈, 서준영, 박정민, 조성하가 연기한 영화로 작은 오해와 소통의 부재가 낳은 너무도 끔찍한 결과에 대해 관객들에게 온몸으로 말해주었다. 이 영화는 '오해는 작은 것에서 출발하고, 소통은 작은 일로부터 소원해진다.'는 평범한 진리를 잔잔하게 그려서 청룡영화제에서 감독 윤성현에게는 신인감독상을, 배우 이제훈에게는 신인남우상의 영광을 안겨주었다.

우리는 소통부재의 고통을 고스란히 삶의 현장에서 느끼며 살아가고 있다. 경제발전과 인터넷의 발달은 인간생활을 편리하게 해 주었지만 그 부작용으로 인한 가족 · 세대 · 사회 · 국가적 소통부재로 몸살을 앓고 있다.

요즘 들어 인터넷과 스마트 폰에 매달리는 자식들을 바라보며 한숨 짓는 부모들이 늘어가고 있다. 집이라는 가족구성원의 보금자리가 점점 대화 없이 밥 먹고 잠만 자는 하숙집이 되어가고 있는 것이다. 자식들은 집에 오자마자 스마트 폰으로 카카오톡을 하거나 인터넷에 접속해 카페친구들과 대화하느라고 부모는 뒷전이다. 그래서인지 일주일 동안 자식들과 대화 한 마디 없이 지내는 집이 늘고 있다고 한다.

사회적으로도 소통의 부재는 심각한 문제를 낳고 있다. 별 거 아닌 문제로 주먹을 휘두르고 칼부림을 하는가 하면, 심지어는 살인까지 저지르는 사람들이 종종 뉴스에 등장한다.

대화로 문제를 풀어 나가려는 노력보다는 그냥 우격다짐으로 문제를 해결하려는 조급성이 낳은 비극이다. 사람들 사이에 다툼이 생기는 일중의 상당 부분은 대화를 통해 충분히 해결 가능한 일이라고 한다. 그럼에도 불구하고 상대방과의 소통보다는 나만의 방식으로 짧은 시간에 쉽게 해결하려는 생각에서 문제가 커진다고 사회학자들은 말하고 있다.

정치인들과 국민 간의 소통 부재는 국민들에게 정치를 불신하게 하고, 권력에 대해 분노하게 만든다. 국민생활에 직결되는 정치적 사안들은 여론을 수렴하고, 국민적 이해와 설득에 대한 노력이 필요하다. 그런데 뭐가 그렇게 급한지 국민이 주인인 민주국가에서 국민을 우습게 알고 정책을 일방적으로 밀어붙이니 국가정책에 대해 국민들이 불신하고 저항하는 것이다.

연인들 사이에도 소통에 대한 적극적인 노력이 필요하다. 그런 노력들이 없다면 작은 오해가 불씨가 되어 서로 사랑하면서도 오해하고 헤

요즘 들어 인터넷과 스마트 폰에
매달리는 자식들을 바라보며
한숨짓는 부모들이 늘어가고 있다.
집이라는 가족구성원의 보금자리가
점점 대화 없이 밥 먹고 잠만 자는
하숙집이 되어가고 있는 것이다.

어지는 결과를 낳을 수 있다.

소통은 상대방의 이야기를 들어주려는 진지한 마음자세가 중요하다. 서로 사랑하는 사이일수록 더더욱 자신의 자존심을 접고 상대의 얘기를 성의껏 들어주려는 노력이 필요하다.

현대사회는 소통에 능한 사람이 국민적 지지를 얻을 수 있다. 대화 부재의 시대에 내 마음을 들어주는 사람이 있다면 사람들은 덜 외로워 할 것이기 때문이다.

요즘은 카페문화가 발달되어 있다. 이런 관계로 많은 사람들이 자신이 좋아하는 카페에 가입을 하고 회원들과 댓글로 의견을 교환한다. 자신의 얘기를 들어주는 회원들에게 마음껏 수다도 떨고, 자신과 비슷한 사람들의 얘기를 들으면서 위안을 받으려고 카페 정기모임에도 참석한다.

한미FTA나 4대강 프로젝트문제는 옳고 그름을 떠나서 소통의 부재가 더 큰 문제라고 나는 생각한다. 여야는 물론이고 정부와 국민들이 서로의 이야기를 들어주거나 들으려고 하는 마음 자세가 되어있었다면 그리 큰 문제가 아니었을 수도 있었다고 본다. 이 문제들에 대해 우리 모두가 그런 노력을 했었다면 원만한 해결방안도 마련할 수 있었을 것이다.

우리 사회에 존재하는 가장 큰 문제점 중의 하나가 소통의 부재임을 모르는 사람은 없다. 그럼에도 불구하고 소통부재의 문제를 적극적으로 해결하려는 사람들이 별로 없다.

지금 대한민국의 많은 국민들이 자신을 불행한 사람이라고 생각한다. 나쁜 측면에서 사회적 이슈가 되고 있는 많은 문제들에서 국민들이 자유롭지 못하기 때문일 것이다.

부의 지나친 편중으로 인해 상대적 박탈감을 가지는 국민들을 위한 정치사회적인 노력이 절실히 필요한 때이다. 따라서 권력이나 물질을 가진 강자들은 상처 받은 약자에 대한 따뜻한 위로와 배려가 있어야 한다.

그것만이 국민적 갈등을 치료하고, 다시 힘차게 약진하는 대한민국을 만들 수 있을 것이다.

13. 사람은 각자 있어야 할 자리에
있어야 한다

새는 숲에서 살아야 하고 물고기는 물에서 사는 것이 좋다고 장자는 말했다. 사람이든 동물이든 각자 자신이 있어야 할 곳에 있는 것이 순리라는 이야기다.

그렇지만 화려하고 좋아 보이는 것이 많은 현대사회에서 그런 것들에 미혹되지 않고 자신의 자리를 지킨다는 것은 그리 만만한 일이 아니다. 다른 자리도 아니고 내가 있어야 할 그 자리를 지키는 것이 뭐가 힘들겠냐고 할 수도 있지만, 현실은 나를 둘러싸고 있는 주변의 환경이 내가 내 자리를 지키기 힘들게 만든다.

한 가정에서는 부모로서의 자리와 자식으로서의 자리가 있는데, 가족 구성원들이 자신의 자리를 이탈하지 않는다면 작은 문제로 다툼이 생기는 경우는 발생하겠지만 큰 문제는 발행하지 않는다.

가장이 한 여자의 남편으로서의 자리와 자식들의 아버지로서의 자리를 잘 지킨다면 그 사람은 그것만으로도 가족들의 존경을 받을 수 있을 것이다.

여자의 경우도 마찬가지다. 아내로서의 자리와 어머니로서의 자리를 잘 지킨다면 가족들의 사랑을 듬뿍 받을 수 있다.

자식의 경우도 아들이나 딸의 자리와 학생이라면 학생으로서의 자리를 잘 지킨다면 굳이 일등을 하지 않아도 부모에게 효도하는 훌륭한 자식이라고 할 수 있다.

학교에서나 직장에서 혹은 국민을 대표하는 대표자로서 자신의 본분을 잊지 않고 그 자리를 훌륭히 잘 지킨다면 사회적으로 큰 혼란은 결코 일어나지 않을 것이라고 필자는 장담할 수 있다.

현대사회에서 일어나는 각종 사회적 문제들은 자신의 자리를 지키지 않고, 자신의 본분을 망각하는 행동을 하는데서 기인하는 것이다.

대다수의 사람들은 세상을 등지고 혼자서 살아갈 수 없다. 그래서 우리는 '사람은 사회적 동물이다.'라고 말한다. 또한 사회를 구성하는 가장 작은 단위인 가정은 모든 것의 기본이다. '수신제가치국평천하(修身齊家治國平天下)'나 '가화만사성(家和萬事成)'이란 말에서도 우리는 가정의 중요성을 충분히 알 수 있다.

우리나라는 지금 고용 없는 경제성장과 소득 격차의 심화로 많은 사람들이 고통을 받고 있다. 그렇지만 이 땅의 가장들은 자신의 자리를 포기하거나 이탈해서는 결코 안 될 것이다.

가장의 자리가 비어있는 가정에서, 남은 가족들이 받는 고통을 상기하고 더 이상 버티기 힘든 상황에 몰릴지라도 가장들은 이를 악물고 몇 번이고 견뎌내야 한다.

세상을 살아가다 보면 사람은 누구나 한 번쯤 일탈을 꿈꾼다. 그러나 수많은 일탈들이 우리 사회에서 좋은 역할을 하기 보다는 나쁜 역할을 하는 경우가 많으며, 때때로 사회적 문제를 일으키는 주범이 되기도 한다.

지혜로운 삶을 사는 사람들은 나쁜 꿈은 행동으로 옮기지 않도록 마음을 제어하고, 좋은 꿈은 행동으로 옮기도록 스스로를 채찍질한다.

일탈의 유형도 시대에 따라 변한다. 20~30년 전의 일탈은 그래도 비교적 낭만적인 것이 많았는데 요즘은 대부분의 일탈들이 범죄와 직결된다.

청춘의 일탈은 훗날 자신의 인생에 도움이 되는 경우도 있는데, 이런 경우라고 하더라도 남에게 피해를 주는 일탈은 마땅히 삼가야 한다.

우리가 직면한 고난을 잘 극복하면 웬만한 어려움은 이겨낼 수 있는 맷집이 생긴다고 한다. 또한 그렇게 될 때 우리에게 닥친 역경은 거꾸로 빛나는 경력이 될 것이다.

이런저런 곳에서의 수많은 유혹을 뿌리치고 자신의 자리를 지키는 훌륭한 국민들이 많기 때문에 대한민국이 오늘날 이 만큼 성장하지 않았나 생각한다.

아무리 경제가 어렵더라도 국민 모두가 자신의 자리에서 이탈하지 않고, 자신의 본분을 잘 지킨다면 이 나라가 다시 힘차게 도약하리라는 것을 믿어 의심치 않는다.

국민여러분!

조국과 가정의 미래를 위해서 힘드시더라도 조금만 더 참고 견디어 봅시다.

14. 상처를 극복하는 방법

어린 시절의 마음의 상처는 쉽게 낫지 않아서 적절한 때에 적절한 치료를 하지 않으면 그 사람에게 평생토록 그림자처럼 따라 다닌다고 한다.

과거에 깊은 상처를 받은 사람에게는 그러한 상처가 시간이 지나면 의식의 밑바닥에 차곡차곡 쌓여서 끝내는 큰 암 덩어리 같은 존재가 된다. 그래서 상처는 그때그때 적당히 풀어주든가 심리치료를 받아서 덧나지 않게, 가슴속에 쌓이지 않게 해야 한다고 심리학자들은 말하고 있다.

우리가 인생을 살아가다 보면 어느 순간에는 문득 내 자신의 생각과 행동을 이해할 수 없을 때가 있다. '내가 미쳤나?', '내가 왜 이러지?' 라는 생각을 할 때가 있다. 부지불식간에 일어난 나의 말과 행동이 이렇듯 내 자신을 적잖이 당황하게 할 때가 있다.

대부분은 내 가슴속 깊은 곳에 잠재하여 있던 무의식이 나를 순간적으로 그렇게 만든 것이라고 한다.

과거의 상처가 그 사람의 인생에 부정적인 요소로 자리할 때가 많다. 대부분의 사람들이 그것을 알면서도 남에게 상처를 주는 일을 한다. 현재의 일과 미래에 일어날지도 모르는 일에 대한 시간차 때문인지는 몰라도 나 역시 그런 짓을 할 때가 간혹 있다. 그런데 이렇게 남에게 상처를 준 사람은 쉽게 그 일을 잊어버리지만 당한 사람은 그 상처가 의식의 밑바닥에 자리하여 나쁜 습관으로 굳어진다고 한다.

우울증도 대부분은 이런 상처가 마음에 쌓여 생긴 것이라고 하니, 가능하면 상대에게 큰 상처를 주는 말은 삼가야 한다. 정신적으로 많이 약해진 현대인들이기에 우울증 병력이 있거나 현재 앓고 있는 사람의 수효가 이미 수년전에 500만 명을 넘어섰다고 하니, 열 명 중에 한 명 이상은 우울증 증세가 있다고 봐야 한다.

마음의 상처를 받은 사람은 자신뿐만 아니라 비슷한 주위의 사람들까지도 분노하게 만든다. 따라서 이런 사람들은 상처를 치료받지 않으면 다른 사람에게 큰 피해를 주게 된다고 한다.

지난 10년 동안 세상을 놀라게 했던 여러 흉악범들도 청소년 시절의 상처가 깊게 쌓여서 그것이 세상을 향한 분노로 표출된 결과 인면수심의 살인마가 된 것이라 한다.

이 얼마나 무섭고 끔찍한 일인가?

마음의 상처를 극복하는 가장 좋은 방법은 무엇일까? 여러 의견이 있을 수 있지만 대다수 심리학자들은 용서가 가장 좋은 방법이라고 보

고 있다. 용서는 나에게 상처를 준 사람을 위해서 하는 것이 아니라 상처받은 나를 위해 필요한 것이다. 내가 그 사람을 용서하고, 그 일을 마음속에서 털어버려야 상처가 치유된다고 한다. 내가 내 인생을 제대로 살기 위해서라도 용서할 것은 용서하고 넘어가는 게 중요하다.

부부가 오랜 시간 동안 같이 살다 보면 대부분은 싸움을 하게 된다. 여기서 중요한 것은 싸움을 멈추고 화해를 할 때는 상대를 깨끗이 용서하고 넘어가야 한다는 것이다.

부부 싸움이 큰 싸움이 되는 경우는 대부분 화해하고 넘어간 부분까지도 계속 끄집어내서 상대를 공격할 때다. 수년전의 일은 물론이고 십년이 넘은 일까지도 싸울 때면 끄집어내서 공격을 하는 사람이 있는데 이렇게 하면 부부싸움은 칼로 물 베기가 아니라 영영 남남으로 갈라서게 되는 결과를 낳을 수 있다. 한 번 화해하고 용서하기로 한 것은 깨끗이 용서하고 두 번 다시 거론하지 말아야 한다.

Pavlov의 조건반사이론과 Thorndike의 효과법칙의 연구에 기초하여 Skinner는 조건반사로는 설명할 수 없는 작동행동의 학습과정을 밝히는데 주력했으며, 아이의 마음과 상처를 치료할 수 있는 이론을 제시했다. 그 중에 한 가지를 간단히 소개하면 무조건적 긍정적인 관심, 아이의 심정에 대한 정확한 공감, 아이들이 애정을 지속적으로 일관되게 경험할 수 있는 상담자의 따뜻한 배려, 넓은 이해심으로 아이가 어떤 행동을 하더라도 너그러이 수용함으로써 끈끈하고 깊은 관계를 경험하게 해 주는 것이 아이의 상처받은 마음을 치료하는 좋은 방법이라고 하였다.

결론적으로 말하면 상처를 치료하는 가장 좋은 방법은 상대를 용서하는 마음, 관심과 배려를 통한 깊은 신뢰관계 형성이라고 한다.
우리 모두가 조금만 더 상대를 이해하고 사랑하는 마음을 가진다면 내 마음이 안 다치고 상대도 안 다쳐서 결과적으로 좋은 인간관계를 만들 수 있다. 그렇게 된다면 팍팍한 경제현실에도 불구하고 좀 더 따뜻한 세상이 우리 앞에 전개되지 않을까 생각한다.

나에게 상처 준 사람을 용서합시다.
내 주위의 모든 사람들을 내가 더 많이 사랑합시다.

15. 느림의 미학 달팽이

'빠르게 더 빠르게' 라는 어휘는 현대사회를 단적으로 보여주는 표현이다. 자동차나 비행기는 물론이거니와 가전제품과 일상생활에 필요한 거의 모든 부문에서 속도 경쟁이 치열하게 전개되고 있다. 이른바 속도의 시대인 것이다. 속도경쟁의 단적인 예가 신상품 개발 경쟁이다. 단 1초라도 먼저 개발하여 특허를 등록한 사람이나 기업은 나중에 개발한 자들의 개발성과도 무효화시키며 그것과 관련된 모든 이익을 독점한다.

FAST GOODS, FAST FOOD, FAST LIFE 등 요즘 우리들의 삶과 연결되어 있는 것들은 죄다 '빨리' 라는 단어를 제 몸의 일부인 것처럼 붙이고 다닌다. 그런데 언제부터인지 빨리라는 단어를 버리고 느림을 선택하는 사람들이 하나 둘 생겨나기 시작했다.

우리의 삶에 미약하나마 변화의 바람이 불기 시작한 것이다. 문명의 이기에 적응하면서 정신없이 빠르게만 살아 온 까닭에 미처 발견하지 못했던 소중한 것들이 이런저런 계기를 통해 보이고 느끼게 되면서 느리게 사는 것의 소중함을 사람들이 인식하기 시작한 것이다.

 이런 변화들에 부응하여, 산업화된 사회에서 현대인들이 상당기간 간과했던 소중한 것들을 찾아주고자 지역방송인 울산MBC에서 시작한 것이 '느리게', '다르게', '행복하게' 란 슬로건을 내세운 '달팽이'라는 프로그램이다. 박병원 프로듀서와 민희웅 PD가 만들고 국악인 김준호와 2~3명 정도의 패널들이 함께 걸으면서 아름다운 우리 강산의 달팽이 길을 소개하는 형식으로 진행된다.

 이 프로그램의 주요 내용은 다음과 같다.

 전국 각지에 숨어있는 보석 같은 마을과 자연, 사람을 느린 걸음으로 만나고, 승용차보다는 기차나 버스 등 대중교통을 이용하고, 화려한 숙소보다는 서민들을 만날 수 있는 민박을 이용한다. 누구나 한번쯤 먹어봤을 것 같은 보통 사람들의 음식, 내 어머니 같은 분들이 해 준 음식을 함께 먹고, 보고, 느끼며 그 곳에 사는 사람에게 도움이 되는 착한 여행과 공정여행을 떠나는 것이 달팽이라는 프로그램이다.

 느림의 대명사인 달팽이의 속도는 어느 정도일까? 종류나 크기에 따라 다소 차이는 있지만 평균속도는 한 시간에 50m 정도라고 한다. 가장 빨리 나는 새는 군함새로 시속 400,000m이고, 빨리 달리는 치타는 최고시속 115,000m라고 한다. 또한 덩치가 커서 굼뜰 것 같은 하마는 시속 50,000m이고, 가장 느린 동물 중의 하나인 나무늘보는 시속 700m 정도라고 한다.

 달팽이보다 느린 굼벵이는 방향성을 가지고 움직이는 것이 아니라서 속도를 재기가 불가능하기 때문에, 측정이 가능한 동물 중에서는 달팽이가 가장 느리다고 봐야 한다.

2000년대 이후 속도에 지친 현대인들 중에 속도를 거부하고 느림을 즐기는 사람들이 늘어나고 있고, 건강을 챙기고 느림의 미학을 만끽하려는 이런 사람들을 중심으로 최근에는 도보여행 동호회도 많이 생겼다.

도보여행카페의 회원 수가 대부분 몇 만 명을 훌쩍 넘는다. 그만큼 현대인들 사이에서 도보여행에 대한 관심이 부쩍 늘고 있다는 증거다.

정부나 지자체 차원에서도 각 지역마다 올레 길을 만들어 놓고 대국민 홍보에 열을 올리고 있다. 도보여행에 대한 사람들의 관심이 커지자 너도 나도 자신의 업적을 쌓기 위해 단체장들이 열심히 올레 길을

삶의 넋두리

만들고 있는 것이다. 동기가 어찌되었든 간에 반가운 일이 아닐 수 없다.

　보다 많은 사람들이 '빠르게 더 빠르게' 라는 말의 구속에서 해방되기를 간절히 바란다. 도보여행이나 완행기차여행으로 건강을 챙기고, 마음의 여유도 찾아 나 자신과 가족은 물론 이웃도 함께 돌아보는 계기가 되었으면 하는 바람을 가져 본다.

　승용차를 타고 질주하다가 보면 모든 사물들이 순식간에 휙휙 지나가서 제대로 볼 수 있는 것이 거의 없다. 산수가 아름다운 우리강산을 돌아볼 때에 그런 생각이 자주 든다. "다음에 올 때는 자동차를 두고 와야지." 하면서도 나는 매번 자동차와 함께 가게 된다.

　그렇게 빨리 산다고 해서 인생을 두 배로 사는 것도 아닌데도 불구하고, 나를 포함한 현대인들은 늘 무언가에 쫓기듯이 살아가고 있다.

　'자연의 변화가 되풀이되듯이 모든 것은 근본으로 돌아가고 근본에서 다시 시작한다.' 고 장자는 말했다. 빠름의 사회가 끝나면 다시 느림의 사회가 돌아오는 것도 자연의 법칙에서는 자연스러운 현상이라는 것이다.

　조만간 반드시 시간을 내서 울산MBC에서 소개한 달팽이 길을 가족들과 함께 걸어봐야겠다.

16. 열린 마음과 열린 자세

사람들은 자신이 옳다고 믿는 신념을 위해 고귀한 자신의 생명까지도 던져버리는 경우가 있다.

그런데, 참 답답한 것은 오늘 내가 옳다고 믿는 것이 시간이 지나면 옳지 않은 것이 되어버리는 경우가 왕왕 있다는 것이다.

그래서 항상 극단의 선택을 할 때는 신중에 신중을 기하여야 한다.

오늘 내가 아는 것이, 오늘 내가 믿는 것이 오늘은 진리일 수 있지만 시간이 흐르면 그것이 거짓 진리가 될 수도 있기 때문이다.

지금은 프랑스를 대표하는 상징이 된 에펠탑이지만 처음 그것을 만들 때만 해도 사람들의 반대가 극심했다고 한다.

1889년 프랑스혁명 100주년과 파리에서 열리는 만국박람회를 기념하기 위한 상징물로 건설된 에펠탑은 높이 320.75m의 격자형 철골구조물로 설계자인 귀스타브 에펠의 이름을 따서 에펠탑이라고 부르게 되었다.

오늘날 에펠탑은 프랑스를 상징하는 랜드마크 역할을 하고 있으며, 연간 관광객의 수효가 1,000만 명이나 되는 프랑스 제일의 보물로 프랑스 국부의 원천이라고 해도 과언이 아닐 정도가 되어버렸다.

그런데 이러한 에펠탑도 처음에는 파리의 한복판에 세워진 볼품없는 철구조물이라는 비판을 면치 못했었다. 특히 지식인들과 예술가들의 반대가 극심했었다고 한다. 그래서 궁여지책으로 시한을 정해놓고 철거하기로 약속하고 건설한 것이다. 그러나 지금은 프랑스 국민 어느 누구도 에펠탑을 철거하라고 하지 않는다.

아니 그런 얘기를 프랑스에서 하는 사람은 십중팔구 정신병자 취급을 받을 것이다.

경부고속도로를 건설할 때 수많은 지식인과 정치인들이 미친 짓이라고 반대를 했었다. 먹고 살기도 힘든 나라에서 무슨 고속도로를 건설하느냐는 논리로 그들은 반대를 한 것이다.

그런데 한강의 기적은 이 경부고속도로가 있어서 가능했었다. 물론 건설과정에서 많은 사람들이 목숨을 잃었지만 오늘의 대한민국이 있게 하는데 결정적인 공헌을 한 것이 바로 경부고속도로다.

지금의 대한민국은 일반 국민들에게 참으로 힘든 나라다. 한 쪽에서는 치적을 위해서 성과를 부풀리거나 충분한 국민적 공감대의 형성도 없이 일방적으로 밀어붙이고, 또 반대편에서는 반대를 위한 반대를 한다.

열린 마음으로 국가 100년 대계를 생각하며, 진지하게 토론하고 신중하게 결정해야 할 일들을 결정하는 자리에서조차 한쪽은 무조건 좋다고 하고, 한쪽은 무조건 나쁘다고 한다.

세상에는 무조건 좋은 것도 없지만 무조건 나쁜 것도 없다고 본다.
좋은 점은 취하고 단점은 보완해서 빈틈이 없이 모든 것을 준비해야 함에도 불구하고 정말로 치사한 사람들은 그런 것에 관심이 없다. 그들은 오로지 정말로 치사하게 패거리들의 이익만을 생각한다.

제발 국민들이라도 그런 치사한 사람들에게 휩쓸리지 않았으면 하는 바람을 가져 본다. 국민들만이라도 열린 마음과 열린 자세로 지역 간 계층 간의 장벽을 허물고, 하나로 뭉쳐 세계적인 경제 불황을 힘차게 헤쳐나가기를 소망해 본다.

반만년의 역사와 지혜로운 국민들이 있기에 오늘은 비록 힘들어도, 내 조국 한반도의 내일은 푸른 하늘과 밝은 태양이 우리와 함께 하리라는 것을 믿어 의심치 않는다.

PART VI

사랑방 이야기

1. 사랑 그 恍惚(황홀)한 迷路(미로)

이방인을 쓴 프랑스의 소설가 알베르트 카뮈는 사랑에 대해서 다음과 같이 정의하고 있다.

'나는 한 가지 책임만 아는데, 그것은 사랑하는 것이다.'

사랑에는 여러 가지가 있지만, 사람이 태어나서 한세상 살아가면서 반드시 해야 할 것이 사랑이라고 말하고 있는 것이다.

그 중에서도 가장 복잡 미묘한 것이 남녀 간의 사랑이라는 것은 상식 중의 상식일 것이다.

사랑을 연탄에 비유하면 사람이 태어나서 죽을 때까지 대략적으로 7~8장의 연탄을 소모한다고 가정할 수 있다.

20~30대의 사랑은 바람구멍을 모두 열어놓고 그 한 장의 연탄을 뜨겁게 남김없이 태워도 아직 남아있는 연탄이 여유 있기에 모든 걸 걸고 뜨겁게 사랑할 수 있다.

그러나 중년의 사랑은 어떠한가?

이제 남아있는 몇 장의 연탄을 일시에 연소시키며 올인 하기에는 남아있는 그 양이 부족하기에 너무나 위험한 것이 중년의 사랑이다.

청춘의 사랑이든 중년의 사랑이든 사랑 그 자체는 아름답다고 표현하겠지만, 한편으로 그 이면을 보면 충분히 추하고 역겹고 아플 수 있는 것이 또한 사랑이다.

'태워도 태워도 재가 되지 않는 진주처럼 영롱한 사랑'은 유행가 가사에나 있을 뿐 현실에서는 존재하기 힘들다고 봐야 한다.

남의 눈을 피해 모텔의 구석방에서 음습하게 풀어버리는 욕정을 자기들끼리는 사랑이라고 아무리 포장을 해도 아름답다고 하기에는 다소 무리가 있다.

뜨겁던 여름날의 사랑을 경험해 본 우리시대 중년의 사랑들!

얼마 남지 않은 연탄을 지펴야 하는 나이이기에 약한 바람구멍으로 불꽃의 세기를 조절하며, 조심스럽게 사랑을 시작한다.

그렇지만 사랑이라는 것이 가지는 그 황홀함은 마약과 같아서 아무리 경험이 풍부하고, 산전수전 다 겪은 중년의 나이라도 정신이 혼미해져서 자칫 길을 잃을 수도 있다.

그 사랑의 황홀한 미로를 돌고 돌다가 끝내 자신의 남은 생을 그것만으로 채워야 하는 불행한(?) 일을 겪을 수도 있을 것이다.

'메디슨 카운티의 다리'라는 영화와 '애인'이라는 드라마가 이 땅의 중년들에게 애인열풍을 불러 온 주범이라고 할 수 있다.

나도 배우자 이외의 사람과 저런 사랑 한 번 해보고 싶다는 생각을 갖게 해 준 참 나쁜(?) 영화와 드라마다.

1995년에 제작된 '메디슨 카운티의 다리' 는 클린트 이스트우드가 감독과 남자주인공인 로버트 킨 케이드 역을 맡았고, 메릴 스트립이 여자주인공 프란체스카 존슨 역을 맡은 영화다.

남편과 아이들이 여행을 떠나고 혼자 집을 지키던 가정주부 프란체스카와 길을 묻던 낯선 남자 로버트 킨 케이드가 사랑에 빠지는 내용의 영화로 불륜의 사랑을 참 아름답게 그려 가정을 가진 유부남 유부녀들에게 낯선 사랑에의 유혹에 빠지게 했던 영화다.

드라마 '애인' 은 1996년에 MBC에서 방영되었고, 남자주인공인 정운오역에 유동근이 여자주인공인 윤여경역에 황신혜가 맡아서 열연을 했었다.

독일 출신의 부부듀엣 Carry & Ron이 부른 주제가 'I.O.U' 는 독일 현지에서 3만장의 판매에 머물렀던 앨범이 한국에서 생긴 애인신드롬으로 인해 무려 50만장이 팔리는 대박을 터트리기도 했었다. 그해에 그 부부는 내한하여 감사의 눈물을 흘렸고, 팬 사인회도 열었었다.

88서울올림픽을 기점으로 여기저기 생겨나기 시작한 모텔들이 호황을 누린 것도 이 드라마가 방영된 직후가 아닌가 한다.

이제는 중년의 나이에도 당당하게 사랑을 하고, 그 표현에도 적극적일 수 있으며 그것이 자식들에게 흉이 되지도 않는다.

중년의 솔로가 사랑을 한다면 가을날의 단풍처럼 빛나는 아름다움일 수 있겠지만 그것이 아니라면 문제는 달라진다.

사랑!
그것은 분명 보석처럼 영롱하고 아름다운 것이지만,
사랑!
어떤 사랑은
마약처럼 사람을 황홀하게 유혹해서 폐인으로 만들 수 있으며,
충분히 추하고 역겨울 수 있고,
그 대가 또한 만만치 않을 수 있음을 생각하고 시작해야 한다.

2. 당신 없이는 못 살 것 같아

　2011년 2월에 상영되었던 영화 '그대를 사랑합니다'를 이제야 알게 되었다. 이 영화는 나의 말문을 닫게 만들었다. 중년의 사랑까지는 여러 영화를 통해서 느낌을 전달받았었는데, 노년의 사랑은 '죽어도 좋아' 이후에 처음인 것 같다.

　죽어도 좋아는 노년의 사랑을 아름답게 묘사한 것이 아니라 노년의 사랑도 플라토닉 러브가 아닌 육체적인 그것을 추구할 수 있다는 원초적인 사랑에 대한 그 당위성을 주장하는 선에서 끝나서 많이 아쉬웠다.

　연기력이 출중한 중견 연기자들이 자신들의 출연료를 절반이나 스스로 깎아가면서 출연하여 최선을 다한 모습이 역력한 '그대를 사랑합니다'는 이순재, 윤소정, 김수미, 송재호 등이 주연을 맡아 너무나 아름다운 노년의 사랑을 그렸기에 먹먹한 가슴에서 흐르는 눈물을 막을 방법이 없었다. 나이 70대의 노년에도 이성에게 끌리는 낯선 설렘이 있다는 것을 가르쳐 준 이 영화는 백 마디 말보다 어쩌다가 한 번씩

툭툭 던지는 짧은 대화와 침묵이 주는 참소리가 어우러져 감정이 있는 사람이라면 누구나 눈물을 흘리지 않을 수 없는 최루성이 강한 영화다.

수십 년을 함께 살아온 부부라면 남편에게 아내라는 존재나 아내에게 남편이라는 존재는 마치 공기와 같지 않을까 생각한다. 인간이라면 누구나 공기가 없으면 10분도 못 견디고 사망부에 이름을 올려야 한다. 그렇게 우리 인간에게 있어서 고마운 존재인 공기지만 우리는 살아가면서 한 번도 공기에 대해서 고맙다고 정식으로 인사하는 법이 없다. 공기라는 것은 당연히 우리에게 주어지는 것으로 생각하기 때문이다.

몸만 뜨겁고 마음은 차가웠던 청춘의 사랑은 갔지만,
마음이 뜨거운 진짜 사랑은 이제부터 시작인 것 같다.
이제는 아내에게 진심으로 이 한마디를 해주어야 할 것 같다.
"나에게는 공기 같은 당신."
"당신 없는 이 세상 나 못 살아낼 것 같아."

부부도 서로에게는 공기와 같은 존재라고 생각한다. 늘 공기처럼 내 안에서 같이 숨 쉬고 있기에 아내라는 존재가 남편이라는 존재가 때로는 아주 별 게 아닌 것처럼 생각되어지기도 한다. 고맙다는 생각도 별로 안 든다. 배우자가 있어도 예쁜 여자에게 눈이 돌아가고 멋진 남성에게 눈이 돌아가는 것은 부부 사이에서 흔히 있는 일 중의 하나라고 해도 과언이 아닐 듯싶다.

피 끓는 청춘의 시기를 같이 보내면서 부부는 함께 하는 시간이 늘어난다. 그리고 40~50대 중년이 되어서는 어느새 참 많이 늙은 배우자의 모습을 발견하게 된다.

어느 날 문득 잠에서 깨어 찬찬히 들여다 본 아내의 얼굴, 평퍼짐한 얼굴에 주름이 많이 진 그 모습을 보다가 나는 끝내 눈물을 흘렸다.
"젊은 날의 생기 있고 고운 그 얼굴을 내가 이렇게 만들었구나."
생각하니 너무 많이 미안해졌다.

나는 아직도 자고 있는 아내에게 살며시 입맞춤을 하고는 또 한참을
들여다 보았었다.

그 동안 생각해 보지 않았었던 질문이 내게 던져졌다.
"내게 공기 같은 이 여자 없이 내가 세상을 살아갈 수 있을까?"
스스로에게 그런 질문을 하고는 또 다시 나는 눈물을 흘렸다.
"참 고마운 사람, 남들처럼 예쁘지도 않고 날씬하지도 않는 그 몸매
에 애교라고는 없는 경상도 문둥이 가시나라며 남의 여자에게 힐끔거
리며 눈 돌렸던 내게는 너무나 과분한 여자."라는 생각이 들자 가슴이
먹먹해졌다.

몸만 뜨겁고 마음은 차가웠던 청춘의 사랑은 갔지만, 마음이 뜨거운
진짜 사랑은 이제부터 시작인 것 같다. 이제는 아내에게 진심으로 이
한마디를 해주어야 할 것 같은 생각이 든다.
"나에게는 공기 같은 당신."
"당신 없는 이 세상 나 못 살아낼 것 같아."

3. 겨울철의 영양 보고 시래기

시래기는 무청을 말린 것이다. 예전에 시래기는 못 사는 사람들이 먹는 보잘 것 없는 식품이었으나 웰빙바람과 더불어 시래기의 영양학적 우수성이 알려져서 요즘은 귀한 식품으로 대접받는다.

배춧잎을 말린 우거지와 더불어 겨울철 영양의 보고인 시래기는 섬유질이 많이 들어있고 비타민 A, B_1, B_2, C도 풍부하다. 시래기는 햇빛에 말리면 엽록소가 많이 파괴되어 누렇게 변하게 되기 때문에 통풍이 잘 되고 그늘진 곳에서 말린 것이 좋다.

시래기가 건강식품으로 각광을 받게 되자 가격이 폭등하였다. 이런 이유 때문인지는 몰라도 강원도 대관령에 사는 농부들은 무를 잘 기른 후에 시래기로 만들 무청만 남기고 무는 버린다. 그 곳에서는 무를 시장에 출하하기 위해서 기르는 것이 아니라 처음부터 시래기의 원료인 무청을 얻기 위해서 기르는 것이다.

무를 싱싱하게 시장에 출하하려면 무청의 일부를 남겨야 하는데, 그렇게 되면 시래기의 원료인 무청을 온전히 얻을 수 없기 때문이다. 그런 이유로 그곳에서는 아직도 타 지역에서는 버리는 곳이 많은 무청을 취하고 무는 버리는 것이다. 그래서 대관령지역에서 생산된 '대관령 눈서리 시래기'는 무의 꼭지부분이 달려있다.

1970년대까지만 해도 시래기죽은 가난한 사람들이 밥 대신 늘 먹던 음식으로 가난의 상징이며 구황(救荒)음식의 일종이다.

시래기를 맛있게 조리하려면 하룻밤 정도 찬물에 불린 다음 쌀뜨물에 1~2시간 정도 삶으면 군내도 없고 부드러워서 먹기가 좋다.

시래기죽은 시래기에 된장을 풀어 넣고 국을 끓이다가 쌀이나 밥을 넣고 쑤어서 먹는다.

시래기를 재료로 하는 음식은 여러 가지가 있다. 시래기밥은 시래기만 넣고 밥을 지어도 좋고, 무나 고구마 등을 함께 넣어서 해도 좋다. 시래기에 들기름과 국간장 등을 넣어 밑간한 다음 함께 넣어 밥을 지으면 된다. 시래기 밥은 양념장으로 비벼 먹으면 좋은데 양념장은 된장, 간장, 고춧가루, 올리고당, 깨소금, 참기름, 달래 등을 넣어서 만든다.

내가 좋아하는 시래기 고등어조림은 고등어 한 마리, 시래기 물기 짠 것 200g, 마늘 다진 것 2큰 술, 파 다진 것 2큰 술, 생강 다진 것 1/2큰 술, 후춧가루 약간, 청주 1큰 술, 참기름 1큰 술, 물이나 다시마 국물 3컵, 대파 1개, 고등어는 머리를 잘라내고 내장을 빼낸 다음 토막을 내서 씻어 물기를 걷어낸다. 시래기는 씻어서 물기를 짜고 반 자른다.

시래기에 양념을 해서 냄비 바닥에 반을 깔고 고등어를 얹은 후에 그 위에 남은 시래기 양념한 것을 덮는다. 물을 부어 끓이다가 대파를 어슷하게 썰어서 넣고 국물이 약간 남을 정도로 끓이면 된다.

한국식품연구원 김영진 박사팀은 무청에는 간암 억제의 효과가 있다는 연구 결과를 발표했다.

간암이 발생되는 실험 쥐에 무청을 먹이고 사육한 결과 무청을 섭취한 쥐는 그렇지 않은 쥐보다 간암 발생이 현저히 적었다고 한다. 무청에는 식이섬유가 35% 이상 되는데 이 식이섬유는 포도당의 흡수와 콜레스테롤의 흡수를 저지해 당뇨와 동맥경화를 예방한다.

또한 시래기 삶은 것 100g당 칼슘이 335mg 이상 들어있어 성인의 하루 칼슘 섭취량(700mg)의 반 정도를 차지하며, 철분도 14.5mg이 들어 있어서 성인여성의 하루 필요 권장량 14mg보다 많다.

이렇듯 훌륭한 식품인 시래기는 겨울 채소가 귀한 시절에 말려서 저장해 두었던 식품이다.

또한 시래기는 겨울철에 비타민 섭취가 부족했던 우리조상들이 효과적으로 채소를 섭취할 수 있는 방법이다.

정월대보름에 먹는 아홉 가지 음식에 시래기가 들어간다.

또한 흉년에 굶주린 백성을 구휼하던 음식도 시래기죽이었다.

시대에 따라 음식의 귀천도 변하는 것인가?

가난의 대명사였던 시래기와 그것으로 쑨 시래기죽이 이제는 귀하디 귀한 웰빙음식이라서 주로 부자들이 먹는다고 하니 세상은 참 요지경 속이다.

4. 불륜과 로맨스에 대한 단상

한 세상 살아가면서 사랑도 한 번 못해본다면 사람들은 누구라도 억울하다는 생각을 하게 될 것이다.

사람 사는 세상에는 많은 종류의 사랑이 있지만 무슨 사랑이든지 사랑은 사람들을 기쁘게 하고 행복하게 하는 것임에 틀림이 없다.

그래서 문인들치고 사랑에 관한 글 한 편 안 써본 사람들이 없고 글과는 무관한 사람들도 사랑을 하면 짧은 몇 마디 말로라도 자신의 감정을 표현한다.

혹자는 사랑을 슬프다고 하기도 하는데, 그건 지켜보는 제3자의 입장에서 생각하는 것이고, 남들은 슬픈 것처럼 보이는 사랑도 당사자에게는 무언가 자신의 마음을 붙드는 것이 있기 때문에 사랑을 하는 것이 아닐까?

집착이 아닌 경우에는 짝사랑도 단지 지켜보는 사람들이 안타까울 뿐 본인에게는 행복일 수 있을 것이다.

그런데 세상을 살다 보면 참 이상한 사람들이 있다. 내가 하면 로맨스고 남이 하면 불륜이라고 생각하는 참 이기적인 사람들이 바로 그들이다.

사랑 그 자체에는 도덕이나 비도덕이 없지만, 그것이 밖으로 표출되어서 사회질서를 어지럽히거나 다른 사람들의 관계를 나쁘게 하고, 그들을 둘러싸고 있는 평화로운 환경을 무참히 파괴할 경우에 우리는 그것을 사랑이 아닌 불륜이라고 한다.

도덕성으로 무장하고 사회에 모범을 보여야 할 위치에 있는 사람이 나쁜 짓을 했을 경우에 우리는 더 허탈감에 빠진다.

그것도 아전인수 격으로 나는 절대로 잘못한 것이 없다고, 뻔뻔하게 말하는 사람들을 보면 정말 화가 난다.

그 사람이 사회적으로 명망이 있거나 지도자의 위치에 있을 경우에는 더욱 그러하다.

"그녀(그 사람)가 불쌍해서 잠시 안아준 것 뿐인데 그게 어때서. 나보다 더한 사람들이 저 쪽에는 얼마나 많은데……."

구구절절 구역질나는 변명을 하는 사람들을 보면 한 대 때려주고 싶어진다.

아름다운 금수강산에 사는 머리 좋은 배달의 후예들이여!

제발 내가 한다고 해서 불륜을 로맨스라고 우기지 말자.

차라리 용서를 구하고 죄 값 치르고 처음부터 다시 시작하자.

사람이 한 평생 살다가 보면 누구나 실수할 수 있고, 사랑이 아닌 불륜에 빠질 수도 있을 것이다.

그러나 그것이 드러나서 관계되는 사람들에게 피해를 줬을 경우에는 인간답게 그들 앞에 엎드려 용서를 구하자.

그래야 한 때의 실수가 실수로 치부될 수 있는 것이다.

5. 몸짱 얼짱 열풍과 우리 시대의 중년들

40~50대 남성들의 화장품 구매가 부쩍 늘었다고 한다.

외모를 가꾸는 열풍이 중년의 남성들에게까지 번진 결과일 것이다.

TV드라마나 연예오락물을 보면 온통 얼짱, 몸짱에 대한 것이 넘쳐난다. 몇 달 만에 몰라보게 달라진 모 개그맨의 식스팩 복근도 인터넷에 화제가 된 적이 있다.

이 땅에서 제일 돈을 잘 버는 병원은 당연히 성형외과다. 그래서인지 정형외과나 흉부외과 등은 의사의 숫자가 수요에 비해 턱없이 부족하다고 병원마다 아우성이다.

대다수의 사람들이 사람을 외모로만 판단하는 시대가 낳은 서글픈 우리 사회의 자화상이다.

외모가 안 되면 취직도 안 되는 시대이다 보니 대학생들은 졸업 전에 성형이 필수라는 얘기까지 나오고 있다.

물론 여기에는 여자 대학생만 해당되는 것이 아니라 남자 대학생들도 해당된다.

아름다움을 추구하는 것은 인간의 본능이라고 할 수 있다.

그렇지만 그 아름다움은 각자의 개성에서 나올 수도 있는 것인데, 천편일률적으로 몇몇 사람을 모델로 미용성형을 하다 보니, 여자 연예인들도 남자 연예인들도 다 얼굴이 비슷비슷해서 헷갈릴 때가 많다.

공장에서 찍어낸 제품같이 그 얼굴이 그 얼굴인 시대에 사는 우리의 삶은 과연 비극일까? 아니면 희극일까?

'원판 불변의 법칙'이 아니라 '원판 부존재의 법칙'이 존재하는 몰개성의 시대에 우리는 살고 있는 것이다.

옛날에는 나이 40이면 불혹이요, 50이면 지천명이라고 했는데, 이제는 중년들까지 외모지상주의 열풍과 무관하지 않다는 사실이 부쩍 나를 슬프게 한다.

40~50대의 중년이 새롭게 자신만의 인생에 눈을 뜨고, 자신의 삶을 위해 뭔가를 해야 한다는 자각을 하는 것은 지극히 바람직한 일이지만, 그것이 엉뚱하게도 더 늦기 전에 새로운 이성을 찾는 일에 국한된다면 그건 아니라고 본다.

외모를 가꾸는 일이 자신의 삶에 새로운 활력소를 불어넣어 어쩔 수 없이 선택한 것이라면 어찌 하겠는가 마는 이성에게 잘 보이기 위해, 새바람(?)을 위해서라면 적극 말리고 싶다.

자신이 진정 하고 싶은 일을 열심히 하는 중년, 땀 흘려 일하는 중년의 이마에서 방울방울 흐르는 굵은 땀방울이야말로 진정한 아름다움의 결정체가 아닐까?

6. 감입곡류인 서강과 충신 원호의 관란정

감입곡류하천은 주로 산간지역에서 산지 사이를 곡류하는 하천을 말하며, 그 형상은 뱀이 기어가는 모습을 하고 있다. 굴곡이 심한 감입곡류하천인 서강(西江)은 주천강과 평창강이 만나는 강원도 영월군 한반도면 옹정리 선암마을의 합수머리에서 시작하여 영월읍 하송리에서 동강(東江)과 합류하여 남한강이 된다.

동강은 언론에서 하도 많이 소개한 까닭에 모르는 사람이 거의 없을 정도로 유명세를 치르고 있는 반면에 서강은 동강과 쌍벽을 이룰 정도로 경치가 빼어남에도 불구하고 기억하는 이가 그리 많지 않다.

서강의 백미는 한반도지형의 아래쪽에 위치한 선암으로 강변에 우뚝 솟은 바위는 그 높이가 무려 70m에 이른다. 이 멋진 바위 옆에서 주변의 경관을 구경할 수 있도록 최근에 전망대도 설치했다.

서강의 하류 쪽으로 조금 더 내려오면 서강의 두 번째 명소인 관란정과 원호의 충효각을 만날 수 있다. 서강가의 100m가 넘는 수직절벽 위에 세워진 관란정은 원호를 기리기 위해 세워진 누각이다.

이곳은 일 년 중의 언제라도 그 모습이 보는 이들의 감탄을 자아내게 한다. 누각에서 주위를 살펴 보면 남한에서 이만한 아름다움을 지닌 곳도 흔치 않을 것이라는 생각이 들 정도로 경치가 뛰어난 곳이다.

마치 금강산의 사계가 각각의 모습으로 사람들을 유혹하듯이 관란정의 사계 또한 그러하다. 강바람과 풍광의 시원함으로 한 때는 여름에 하루 1만 명의 피서객이 몰리기도 했던 곳이나, 상수원 보호구역으로 지정된 지금은 강에 접근하지 못하게 울타리로 막아놓아 마을사람들 외에는 인적이 끊겼다.

한 때 제천지역의 국회의원이었던 이모씨가 유원지로 개발하려고 했었고 관란정의 조금 위에 있는 선암지역은 삼성의 고 이병철 회장이 에버랜드 같은 종합휴양시설을 이곳에 지으려 했다가 주민들의 극심한 반대에 부딪혀서 포기한 곳이기도 하다.

원호는 단종을 위해 절의를 지킨 생육신의 한 사람으로 본관은 원주이고 자는 자허 호는 관란과 무항이다. 그는 문종 때 집현전의 직제학을 지내다가 세조의 왕위찬탈로 단종이 물러나면서 사직을 하고 고향인 원주에서 은거를 하였다. 그러다가 단종이 노산군으로 강등이 되고 영월의 청령포로 유배를 가게 되자 지금의 누각이 있는 곳에 움막을 짓고 아침과 저녁으로 음식물을 커다란 함지박에 담아서 절벽 아래로 내려가 강물에 띄워 보냈다고 한다.

절벽 아래쪽으로 조금 내려가면 '아이고바위'가 있는데, 원호가 단종이 시해되었다는 소식을 들은 후에 이곳에 올라가서 '아이고~ 아이고~' 하면서 통곡을 한데서 유래된 명칭이라고 한다.

관란정에서 청령포로 이어지는 서강은 곳곳에 높이 50m가 넘는 수직절벽이 있는데, 그 까마득함에 올려다보고 있으면 보는 이의 고개가 아플 정도다. 절벽들이 단지 높아서 좋은 게 아니라 높으면서도 아름다워서 '이렇게 아름다운 곳이 왜 개발되지 않았을까?' 하는 의문이 들기도 하지만 한편으로는 참 다행이라는 생각이 든다.

서강변 절벽 곳곳에는 회양목이 예쁘게 자라고 있는데, 까마득한 절벽의 바위틈을 비집고 들어가서 뿌리를 내리는 그 단단함 때문에 도장의 재료로 명성이 자자하다.

쌍용천과 만나기 전의 후탄리 쪽 절벽들은 더 높아서 100m는 족히 되는데 후탄리 쪽 절벽 위에서 봐도 멋있고 반대편인 옹정리쪽 강변에서 봐도 역시라는 생각이 들 정도로 아름다워서 그 모습이 신비롭기까지 하다.

또한 한 편의 동양화를 보는 것 같은 고즈넉함도 있어서 예술을 하는 사람들에게는 더없이 좋은 곳이 아닐까 생각한다.

이곳은 강물의 깊이가 5~6m 정도로 깊고 강바닥이 바위줄기로 되어 있어서 쏘가리가 살기에 적합한데, 30년 전 이곳에서는 3kg이 넘게 나가는 대물 쏘가리가 잡히기도 했었다.

그래서인지 장마철에는 보 아래로 깊은 밤에 쏘가리 새끼들이 보를 오르기 위해서 몰려드는데 그만큼 후탄리 쪽의 강에는 쏘가리가 많아서 전국의 낚시꾼들이 알음알음 찾아간다고 한다.

함지박을 싣고 흐르던 강물에 마음 한 자락 풀어놓고 풀잎같이 가벼워진 마음으로 물길을 따라서 가다 보면 첫 번째 다리인 화병교가 나오고, 화병교를 조금 지나면 영월이 자랑하는 들꽃민속촌이 나오는데, 이곳에서 준비해 간 김밥이나 샌드위치를 동행자와 같이 먹고, 각종 들꽃을 보며 잠시 쉬어가는 것도 좋을 것 같다.

강은 들골교를 지나고 신연당교를 지나 연당천과 합류하면서 급한 마음을 가라앉히고 조금은 여유로움을 갖는다. 문실개실 잠수교에서 강은 퇴적물이 만든 섬을 휘돌아서 문곡천을 품에 안고 아름다운 선을 그리며 흐르다가 선돌교와 광천교를 지나고 나니 마침내 원호가 꿈에 그리던 단종의 유배지 청령포와 만난다.

물길을 따라 청령포에서 조금 더 내려가면 동강과 서강이 만나는 영월읍 하송리 합수머리가 나오는데 여기서부터 남한강이라고 부른다.

청령포는 삼면이 강이고 뒷산은 해발 350m의 높이에 급경사를 이루고 있어서 죄수들이 감히 도망칠 생각을 못하는 섬 아닌 섬이다. 유배지로서는 적격인 청령포지만 이곳의 경치는 관광지로서도 손색이 없다.

이곳에서 노산군으로 강등된 단종은 시해되어 깊고 푸른 강물에 버려지지만 영월의 충신 엄홍도가 목숨을 걸고 임금의 시신을 수습하여 장능에 안치하였다.

단종과 원호의 얼이 서려있는 서강은 동강과 쌍벽을 이루는 천혜의 자연경관을 가지고 있으면서도 개발되지 않고 알려지지 않아서 그 신비로움이 손상되지 않은 참으로 멋진 강이다.

이렇게 멋진 강이 우리나라에 있다는 것이 다행스럽고, 내 어린 시절 꿈과 아픔을 모두 품어주었던, 눈 감으면 떠오르는 고향의 강이라는 게 자랑스럽다.

여러분!

올해는 없는 시간을 내서라도 동양적인 아름다움이 있는 서강으로의 여행을 해 보시지요. 🍎

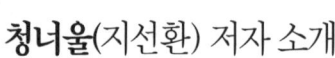

청너울(지선환) 저자 소개

충북 제천 출생으로 울산대학교 행정학과를 졸업하고 백화점에 근무하다 IMF때 직장을 그만두고 한동안 자영업을 했었다.

다시 현대자동차 2차 하청업체에서 직장생활을 하다 3년 전 글쓰기라는 지독한 병에 걸리면서 결국 2011년 봄부터 청너울('하늘'을 뜻하는 우리말)이라는 닉네임으로 인터넷카페에서 활동하다가 '청너울의 행복한 세상 만들기'라는 블로그를 만든 후 세상 사람들과 소통하기 시작했다.

이후 카페 회원들은 폭발적인 반응과 댓글을 달아주었다. 그는 그래서 희망을 보았고, 큰 힘을 얻는다. 청너울의 '행복한 세상 만들기'는 그렇게 세상에의 작은 발걸음을 시작했다.

2011년 6월에 '조율 화성 501'이라는 장편소설을 출간하고, 8월에는 문학저널의 김창동 작가님과 인연이 되어 시인으로 등단도 했다.

2012년 6월에는 인터넷일간지 뉴스울산에 '청너울 지선환의 행복한 세상 만들기'라는 고정코너를 마련하여 칼럼을 연재하기 시작했다.

행복한 세상 만들기

2012년 10월 29일 발행
2012년 11월 5일 1쇄

지 은 이 / **청너울**(지선환)
펴 낸 이 / **윤현호**
펴 낸 곳 / **뿌리출판사**
홈페이지 / **www.rootgo.com**
E-mail / root1115@daum.net / rootgo@dreamwiz.com
주　　소 / 서울시 성동구 성수 2가 3동 275-29 대군인더스타운 802호 우편번호 / 133-831
전　　화 / (代)2247-1115, 466-4516, 팩스 / 466-4517
출판등록 / 서울시 등록(카) 제 1-551호 1987.11.23

값 / 13,000원
ISBN 978-89-85622-83-7 03810

*잘못된 책은 바꾸어 드립니다.
*인지는 저자와의 협의에 의하여 생략합니다.